DREAMBOOKS

DREAMBOOKS

DREAMBOOKS

DREAMBOOKS

마탑의 사서

양인산 판타지 장편소설
ORIGINAL FANTASY STORY & ADVENTURE

dream books
드림북스

마탑의 사서 1

초판 1쇄 인쇄 2016년 12월 14일
초판 1쇄 발행 2016년 12월 26일

지은이 양인산
발행인 오영배
기획 박성인
책임편집 황지희
일러스트 MJ
제작 조하늬

펴낸곳 (주)삼양출판사 · 드림북스
주소 서울시 강북구 도봉로 173
대표 전화 02-980-2112 **팩스** 02-983-0660
편집부 전화 02-980-2116 **팩스** 02-983-8201
블로그 blog.naver.com/dreambookss
출판등록 1999년 3월 11일 제9-00046호

ⓒ 양인산, 2016

ISBN 979-11-313-0443-3 (04810) / 979-11-313-0442-6 (세트)

+ (주)삼양출판사 · 드림북스의 서면 허락 없이는 어떠한 형태나 수단으로도 이 책의 내용을 이용하지 못합니다.
+ 지은이와 협의하에 인지는 생략합니다. 잘못된 책은 구입한 곳에서 바꾸어 드립니다.
+ 이 도서의 국립중앙도서관 출판시도서목록(CIP)은 서지정보유통지원시스템홈페이지(http://seoji.nl.go.kr)와
  국가자료공동목록시스템(http://www.nl.go.kr/kolisnet)에서 이용하실 수 있습니다. (CIP제어번호: 2016029979)

드림북스는 (주)삼양출판사의 판타지 · 무협 문학 브랜드입니다.

ORIGINAL FANTASY STORY & ADVENTURE
양인산 판타지 장편소설

마탑의 사서 ①

dream books
드림북스

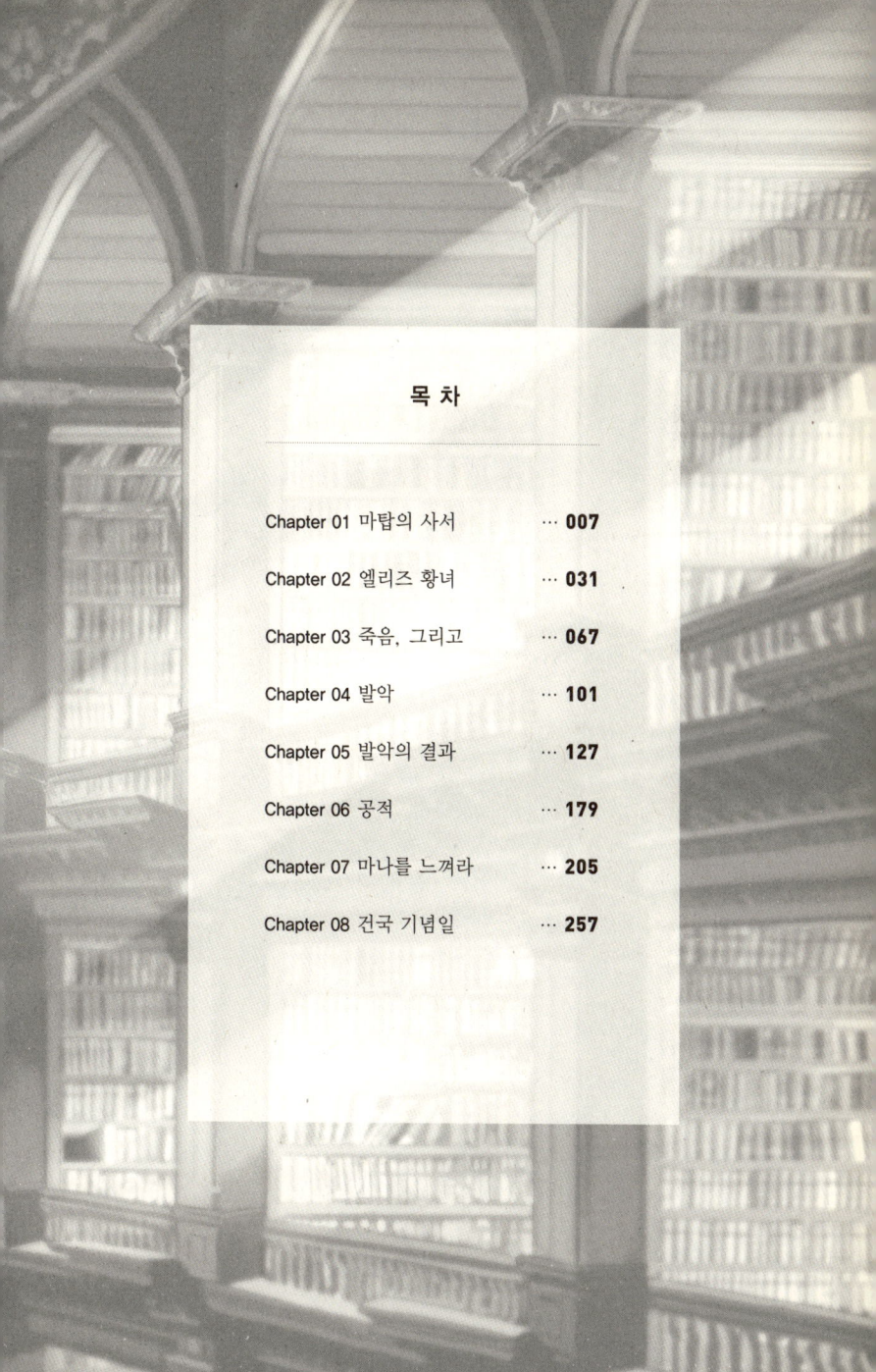

목 차

Chapter 01 마탑의 사서 ··· **007**

Chapter 02 엘리즈 황녀 ··· **031**

Chapter 03 죽음, 그리고 ··· **067**

Chapter 04 발악 ··· **101**

Chapter 05 발악의 결과 ··· **127**

Chapter 06 공적 ··· **179**

Chapter 07 마나를 느껴라 ··· **205**

Chapter 08 건국 기념일 ··· **257**

# Chapter 01
마탑의 사서

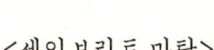

〈세인브리트 마탑〉

아이벤 대륙력 3212년 9월 14일에 건설을 시작하여 3214년 9월 14일에 완공되었다. 위치는 바올라 제국의 수도 세인브리트 중앙 광장 동쪽에 있으며 초대 탑주는 보나바르 디 에디소프이다. 대륙 최고의 마탑으로 일컫는 곳. 초대 황제가 맹우이자, 신하였던 보나바르를 위해 건설한 마탑이며 대륙 최초의 마법 병단의 시발점이 된 곳이기도 하다.

—『세인브리트 마탑』12p 발췌—

* * *

 세인브리트 마탑. 수많은 마법사들을 배출해 낸 대륙 제일의 마탑이라 일컫는 곳이다. 천 년의 유구한 역사를 지닌 바올라 제국. 그리고 천 년 제국의 기틀을 세운 초대 황제인 세인브리트 폰 바올라의 이름을 딴 마탑!

 초대 황제가 세운 만큼 세인브리트 마탑은 제국의 지원을 받고, 그 은혜에 보답하고자 나라의 존망이 걸린 문제에는 마법 병단을 꾸려 적에게 공포를 선사하기도 한다.

 그렇기에 모든 마법사들이 이 마탑에 들어가고 싶어 한다. 하지만 이곳은 황태자라고 하더라도 쉽게 들어갈 수 없는 곳이었다.

 세인브리트 마탑은 바올라 제국과 역사를 함께하는 곳! 모든 이들이 선망하는 곳! 마법사들이라면 죽기 전에 한 번쯤 들어와 보고 싶어 하는 곳! 세인브리트 마탑에 들어오는 것이 평생소원인 사람도 있을 정도지만, 정작 그곳에서 근무하고 있는 갈색 머리의 청년은 땅이 꺼지도록 한숨을 내뱉었다.

 "그래 봤자 난 일개 사서지만."

 세인브리트 마탑에 일하고는 있지만 마법사가 아닌 그저

사서라는 게 흠이다. 도서관 벽에 지금껏 사서로 임명된 이들의 임명장이 걸려 있었다. 맨 끝에는 청년의 임명장도 자랑스럽게 걸려 있었다.

평민은 마탑의 사서가 되기 힘든 것이 사실이다. 글도 읽을 줄 알아야 하고, 기억력이 좋아야 하기 때문이다. 다행히 그의 어머니가 글을 읽을 줄 알고 있던 까닭에 어릴 적부터 자연스럽게 글을 배울 수 있었다.

물론 그것으로만 도서관 사서를 뽑는다면 개나 소나 다 사서를 했을 것이다. 이곳에 취직한 건 운이 좋아서라고 할 수 있었다.

전에 일하던 사서가 갑자기 일을 그만두는 바람에 급하게 잠시 일할 사람을 모집하다가 그를 발견한 것이다. 처음에는 도서관의 책들을 조사하고, 분류하고, 청소하는 허드렛일만 맡았는데, 생각보다 일 처리 능력이 뛰어나 정식으로 고용되었다.

"발렌, 뭘 그렇게 중얼거려! 아직 해야 할 일이 넘치고 넘쳤다고!"

천 년이라는 유구한 역사와 함께 자리한 세인브리트 마탑의 외진 곳에는 도서관이 자리하고 있고, 수많은 책들이 책꽂이에 꽂혀 있다. 평민 출신인 발렌. 본명은 발렌시아. 그러나 다들 줄여서 발렌이라고 부르고 있었다.

발렌도 딱히 자신의 이름을 줄여 부르는 것을 싫어하지 않았고, 마을 사람들에게도 어렸을 때부터 애칭으로 불려 친숙하기까지 했다. 덕분에 누군가를 만날 때 편하게 발렌이라 부르라고 했다.

"예, 예. 갑니다!"

발렌이 걸레와 양동이를 들고 도서관장에게로 향했다. 도서관장의 이름은 제이프. 외모나 덩치를 보면 산적을 맨손으로 때려잡을 것 같은 사람이지만, 사실 그는 마법사 출신이다. 제이프는 가문이 몰락한 후, 떠돌이 마법사로 여기저기 정처 없이 떠돌다가 이곳에 정착했다고 한다.

그 덕분인지 세상을 보는 눈이 남들보다 넓었고, 자유분방하게 살았기에 마법사 특유의 고지식한 모습도 거의 보이지 않았다. 오히려 같은 마법사들을 볼 때면 답답해 죽겠다고 할 정도다. 그리고 같이 일하면서 안 거지만, 약간 다혈질적인 면은 있어도 일은 똑 부러지게 하고, 공과 사를 제대로 구별할 줄 아는 사람이었다.

"어휴, 할 일이 차고 넘치는구나. 이걸 또 언제 끝내냐."

제이프는 툴툴거리면서도 두툼한 손으로 가느다란 대걸레를 움켜쥐었다. 그러고는 바닥을 밀면서 청소하기 시작했다. 발렌은 걸레를 잡아 책꽂이 위에 미처 털지 못한 먼지를 닦았다. 두 달에 한 번은 이렇게 청소를 해 줘야 한다.

평소에 청소를 안 하는 것은 아니지만 워낙 넓은 공간이기에 두 달에 한 번은 대청소를 해야 먼지가 쌓이지 않는 것이다. 대청소 날에는 정말 하루 종일 빗자루질을 하고, 걸레질을 해야 간신히 끝낼 수 있었다. 이 넓은 곳에서 일하는 사람은 단 두 명. 한 명은 몰락 귀족 출신으로, 도서관장을 맡고 있는 제이프 몰 아데니아. 다른 한 명은 발렌이다.

다만 오늘은 원래 대청소하는 날이 아니라 제이프의 신경이 유독 곤두섰다. 엘리즈 황녀가 세인브리트 마탑에 방문한다는 것 때문이다. 평소 황실에서 이따금 찾아오는 날은 이렇게 대청소를 하고는 했다.

제이프가 도서관에서 일하면서 황실의 사람이 도서관 내부를 방문한 적은 한 번도 없었지만, 혹시 찾아올지도 모른다는 것 때문에 이렇게 청소를 해야 한다.

평소라면 적당히 여유롭게 하면서 끝냈을 것이다. 그러나 이번에는 꼼꼼히 해야 하는 이유가 있었다. 엘리즈 황녀는 책에 관심이 많기 때문이다. 황실에서 내려온 사람의 말을 듣자 하니 도서관 방문을 학수고대하고 있을 정도라고 한다. 게다가 그녀는 곧 세인브리트 마탑 소속의 마법사가 될 예정이기에 벌써부터 3층 도서관을 열람할 수 있는 권한도 얻었다고 한다.

어린 나이에 마법에 대한 재능을 발휘하였고, 그 재능은 탑주가 최근 직접 확인하면서 세인브리트의 마법사가 되지 않겠느냐고 제안했을 정도다.

어쨌거나 중요한 것은 엘리즈 황녀가 이곳에 찾아온다는 것. 이 말을 전해 들은 제이프는 하던 일을 당장 멈추고 급하게 대청소를 실시했다. 대청소는 2주 전에 끝내 놓은 상황이지만, 먼지가 쌓이기에는 충분한 시간이다.

세인브리트 마탑 도서관은 5층 규모의 도서관이다. 1층과 2층은 허락받은 이라면 누구나 방문할 수 있지만, 3층부터는 세인브리트 마탑 소속의 마법사만 출입할 수 있었다.

"안 그래도 잔업이 밀려 있는데 이게 무슨 봉변이야!"

제이프가 신경질적인 반응을 보이자, 발렌은 살짝 움츠러들었다. 그의 외모가 워낙 사납게 보여 조금만 화를 내도 뒷골목에서 건달을 만난 것처럼 몸이 절로 움츠러들 수밖에 없었다. 제이프는 발렌의 속사정도 모른 채 신경질적으로 바닥을 열심히 청소한다. 불똥이 자신에게로 튈까, 발렌도 걸레로 열심히 책장을 닦았다.

* * *

"대청소를 하는 날은 정말 힘이 쭉 빠지네요."

"그래, 특히 정해진 날이 아닌데 하면 그만큼 더 힘들지."

청소는 주변이 어두컴컴해졌을 때에서야 끝이 났다. 한 층 한 층 방대한 넓이의 도서관을 둘이서만 청소하는 건 정말 힘든 일이다. 그래도 그들은 청소를 최대한 빨리 끝내려 하였다. 빨리 끝내야 그만큼 빨리 쉴 수 있다는 것을 둘 다 알고 있기 때문이다. 그렇다고 해도 저녁 식사가 끝날 때서야 끝마쳤지만 말이다.

"그리고 이튿날 점심이 소피 아주머니의 감자 요리면 더욱 끔찍하고."

"으아~!"

발렌이 좌절했다. 소피 아주머니는 세인브리트 마탑의 주방장인데, 그녀는 다른 요리는 다 잘하는데 유일하게 감자로 하는 요리를 못했다. 그저 찌기만 해도 먹을 만한 음식이 되는데 여러 가지 시도를 한다고 도전 정신을 발휘했다가 이도 저도 아닌 것이 만들어지기 일쑤였다.

왜 감자 요리만 하면 그러는 것인지 이해 못 할 일이다. 다행이라면 마법사들은 음식을 그저 배를 채우는 정도로 생각하기에 맛있든 맛없든 신경 쓰지 않는다는 것이다. 마법사들의 입맛이 까다로웠다면 소피 아주머니도 그런 도전 정신을 발휘하지 못할 것이다.

"평소에는 경계병들이 도와주는데, 이번에 황녀님 오신다고 바빠서 도와주지도 못하고."

두 명이 관리하기 힘드니 경계병들이 자주 도와주기는 하는데, 오늘은 그러지 못했다. 경계병들은 혹시 황녀를 노리는 자객이 나타날 것을 대비해 훈련을 하고, 순찰과 경계하는 인원을 늘리느라 도와줄 수 없는 상황이었다. 황실에서 찾아오면 이따금 있는 일이다. 약 500여 년 전, 전란이 한창이던 시대 때 세인브리트 마탑에 찾아온 황실 가문의 사람이 암살당한 이후로 생긴 일이다.

지금도 평소 두 명이 경계 근무를 하던 경비병의 수가 네 명으로 늘어 있었고, 도서관 주위를 순찰하는 병사들의 인원도 눈에 띄게 늘어나 있었다.

"혹시 황녀님이 마탑에 들어오시면 저희 매일 대청소해야 하는 거 아닙니까?"

그렇게 되면 발렌은 사서직을 때려치울 작정이었다. 그러나 제이프는 피식 웃었다.

"황녀님이 아니라 황태자님이 오신다고 한들 마탑 소속으로 들어오면 스스로 나가거나 파문될 때까지 마탑의 마법사 신분을 우선시하기에 괜찮다."

어느 마탑이나 그렇듯, 제아무리 고귀한 신분이라도 마

탑 소속이 되면 다 똑같은 취급을 받는다. 물론 황녀라는 점은 변함이 없으나 특별한 경우가 아니면 마탑 신분이 더 우선시된다. 이것은 모든 마탑에 정해진 불문율이다.

"그리고 매일 대청소하고 업무까지 봐야 한다면 우린 과로로 죽어."

발렌이 그의 말이 백 번 맞다는 듯 고개를 주억였다. 두 달에 한 번도 지나치게 많았다. 여러 명이 있으면 충분히 가능했겠으나, 이곳은 두 명만으로 관리되고 있었다.

"그러고 보니 관장님. 혹시 인원 더 늘려 달라고 말씀드리지 않으셨나요?"

"신속에 했지, 왜 안 했겠어. 손에 다 꼽을 수 없을 정도로 건의해 봤다."

"그런데 왜 안 들어주는 거죠?"

"두 명으로도 충분히 관리가 되니 인원을 더 늘리지 않아도 된다는 답변만 오더라. 나 말고도 전 관장도 그렇고, 그 전 관장도 그렇고. 도서관장에 오른 사람들이 집요하게 요청해도 씨알도 안 먹히더라. 하다못해 대청소 때만 어떻게 사람을 구하면 안 되겠냐고 하니 책 분실 위험이 있어 안 된다고 하고. 어휴."

제이프가 땅이 꺼질 듯 한숨을 내쉬며 관자놀이를 꾹꾹 눌렀다. 아마 윗사람들은 도서관 사서직이 뭐가 그리 힘드냐는 생각을 하고 있을지도 모른다. 그리고 정말 두 명으로 일 처리가 되기는 한다. 새로 들어오는 책들 목록을 살피고 그것을 분야별로 책꽂이에 꽂아 두면 되기 때문이다. 물론 그것 외에도 다양한 일이 있기는 하나, 확실히 일이 없을 때는 여유로운 편에 속하기는 했다.

"그나저나 엘리즈 황녀님은 어떤 분이세요?"

마탑 도서관에서 일한 지 일 년이 다 되어 가지만 그가 이곳에 근무하면서 황실에서 찾아온 이는 없었다. 그렇기에 아무것도 몰랐다. 반면 제이프는 이 도서관에서 일한 지 십여 년째. 그간 황실 사람들을 여러 번 봤고, 황제도 멀리서 봤다며 자랑하고 다니기도 했다.

"정말 소문처럼 아름다우신가요?"

발렌의 눈에서 빛이 났다. 엘리즈 황녀의 미모에 대해서는 이미 대륙 전체에 소문이 파다했다.

그녀의 조각같이 아름다운 미모는 이웃 국가 귀족들의 마음까지 설레게 할 정도라고 한다.

"글쎄…… 여러 황자님과 황녀님을 멀찍이서 보기는 했지만 엘리즈 황녀님은 지금까지 뵌 적이 없어서 나도 잘 모르겠는데?"

제이프가 머리를 긁적였다. 엘리즈 황녀의 미모에 대한 소문은 제국민이라면 누구나 다 아는 사실이다.

한 번이라도 그녀의 얼굴을 본 남자들은 매일 밤마다 그녀의 얼굴이 머릿속에 맴돌아 잠을 설친다고 할 정도다.

"황제 폐하께서 애지중지 하시는 모양이시더라. 거기다 지나가다가 거지나 부랑자들을 보면 눈물을 흘리며 연민을 느끼실 정도로 마음도 여리시면서 심성도 곱다고 하시던가? 마법에 대한 재능도 뛰어나시고 말이지."

그 말을 하다가 제이프가 피식 웃었다. 자신이 한 말이 웃긴 듯 그에 대한 답변도 자신이 했다.

"세상에 그렇게 완벽한 사람이 어디 있겠어? 소문은 원래 부풀려지기 마련이다. 괜히 잔뜩 기대했다가 자신의 상상보다 외모가 떨어져 실망하는 경우도 심심찮게 봤다. 괜한 기대하지 마라."

확실히 너무 완벽한 사람이라 어느 게 진실이고, 가짜인지 모른다. 그러나 확실한 건 그녀에 대한 나쁜 소문은 전혀 없다는 것이다.

'최소한 나쁜 사람은 아니라는 거겠지.'

"괜히 관심 갖지 마라. 우리가 황실 사람들에게 관심을 가져서 뭐하겠냐. 밥 벌어먹고 살기에 바쁘지."

"그저 호기심일 뿐이죠. 괜히 어리석은 짓은 안 해요."

엘리즈 황녀가 제아무리 미모가 대단하다고 해도 평민인 그가 어떻게 할 수는 없으니까.

괜히 추파를 던지다가 이를 본 귀족들의 눈에 띄어, 쥐도 새도 모르게 사라져 며칠 후 개천에 떠내려가는 모습으로 발견되지 않으면 다행일 것이다.

발렌도 자신의 주제를 잘 알았다. 게다가 황녀씩이나 되는 사람이 자신에게 관심을 갖겠는가.

"그래. 그러다가 쥐도 새도 모르게 죽을지도 모르니까. 황녀님이 도서관에 오시면 입조심하고, 행동도 조심해라."

발렌은 제이프의 충고에 고개를 주억였다. 그래도 황녀를 가까이서 볼 수 있으니 그것으로 만족했다.

이곳에서 일하면 황실 사람들을 많이 볼 수 있기는 하지만, 제이프도 가까이에서 본 적은 지금까지 한 번도 없었다고 한다.

아마 흔한 기회는 아니리란 생각이 들었다.

"어찌 되었든 난 이만 퇴근하지."

제이프가 자리에서 일어나자, 발렌이 따라 일어났다.

"아, 예. 오늘 고생 많으셨습니다."

"그래, 그래. 너도 고생했다. 오늘 저녁에도 책 볼 거지?"

"물론이죠. 제 유일한 낙인걸요."

그 말에 제이프가 피식 웃었다.

"하여튼 넌 보통 책벌레가 아니구나. 읽지 말라고는 안 하마. 다만 오늘은 적당히 보다가 자라. 내일 황녀님이 오셨을 때 결례를 하지 않도록 해야 하니까."

"예, 관장님!"

발렌이 힘차게 대답했지만, 별로 믿음이 가지 않는다는 표정으로 그를 바라보는 제이프. 발렌이 책을 읽기 시작하면 시간 가는 줄 모르고 읽는 것을 알기에 걱정스러운 마음이 들었다.

'에이, 그래도 내일 중요한 일인데. 설마 밤을 꼴딱 새우기라도 하겠어?'

이렇게까지 말했으면 발렌도 분명 알아들었을 것이다. 그냥 믿어 주자고 생각했다. 괜히 이걸로 고민하면 자신이 잠을 설칠지도 모르니까.

* * *

"오늘은 어떤 책을 볼까?"

발렌이 랜턴을 들고 도서관을 돌아다니며 책들을 살폈다. 도서관에서 일하며 1층에 있는 서적들은 거의 다 봤다. 오늘은 어떤 것을 볼지 둘러보는 발렌. 그러다가 문득 한 책이 그의 시선을 사로잡았다.

"아이벤 대륙 몬스터 도감?"

책을 꺼내 보았다. 가죽 표지가 인상 깊었다. 꽤 오래된 서적인 것 같으나, 사람의 손길이 거의 닿지 않은 책 같았다. 대륙 곳곳을 다니는 여행자들에게는 인기 있을 것 같지만, 마탑에 거의 평생 있을 마법사들에게는 필요 없을 만한 책이었다.

문학 서적도 좋지만, 이런 것도 나쁘지 않을 것 같았다. 특히 그의 아버지는 용병으로 지냈을 때 마주쳤던 몬스터에 대한 이야기도 적잖게 해 줬었다. 어렸을 적에는 그 얘기를 듣고 동경해서 용병이 되고 싶다고 말했던 적이 있을 정도다.

"그때는 어렸었지."

점점 성장하면서 용병 생활이 결코 순탄치만은 않다는 걸 알았다. 특히 아버지처럼 돈을 잔뜩 벌어 상점을 차리는 것도 소수에 불과하다고 할 정도니까. 게다가 독서를 자주 하는 어머니의 영향 때문인지 책벌레가 되었기에 용병이 되겠다는 꿈은 더욱 멀어졌다.

그래도 아버지의 과거 이야기를 듣는 것이 나쁘지 않았다. 몇 번 들어도 질리지 않는 이야기였다.

"그러고 보니 아버지가 싸웠다던 몬스터들도 이 책에 실려 있으려나?"

살면서 단 한 번도 몬스터를 본 적이 없기 때문에 호기심이 이는 것은 어쩔 수 없었다. 오늘은 이 책을 보기로 하고 책을 들고 의자를 끌어다 앉았다. 책을 펼쳐 보니 몬스터의 외형과 함께 자세한 설명들이 있었다.

신기했다. 직접 본 적이 없어 그저 상상만 했던 몬스터들을 책으로 자세히 볼 수 있었다. 자신의 생각과 거의 근접하게 생긴 몬스터도 있는 반면, 완전히 다르게 생긴 것들도 더러 있었다.

"참 다양한 몬스터들이 있구나."

참 신기한 몬스터가 많구나 싶은 생각이 들었다. 외진 곳에는 몬스터의 침입이 빈번해 마을 사람들이 목책을 쌓고 막는 일도 더러 있다고 하는데, 왜 그런지 알 것 같았다. 인간 한 명이 감당할 수 없을 만큼 강한 몬스터도 많기 때문이다.

사락— 사락—

발렌이 책을 넘기며 토씨도 빼놓지 않고 읽었다. 읽는 내내 그는 호기심 가득한 표정을 지었다.

설명이 길면 다음 장까지 되어 있는 경우도 있지만, 세 장을 넘기지 못했다. 그럼에도 어지간한 사전 저리가라 할 정도로 두껍다. 그만큼 대륙에는 수많은 몬스터가 존재한다는 뜻일 것이다.

"일반적인 검으로 벨 수 없는 몬스터도 있네?"

그가 책을 넘기다가 한 구간에서 멈췄다. 그가 보고 있는 것은 트롤에 대한 내용이었다. 가죽이 두껍고 질겨 칼이 잘 들지 않아 무투기를 쓸 수 있는 자들만이 상대할 수 있다고 한다. 어지간한 마법들도 내성이 있어 사냥하기 까다로운 몬스터라고 한다. 그래도 일반적으로 마법사들이 더 쉽게 잡을 수 있는 모양이다.

"대충 나도 아는 내용들이네."

가죽도 베기 힘들고, 마법 내성도 있는데, 재생 능력까지 뛰어나 사냥하기 까다로운 몬스터로 알려진 트롤. 하지만 녀석을 잡으면 엄청난 돈을 벌 수 있기에 위험을 무릅쓰고 사냥하려는 사람들이 많았다. 포션의 재료가 되는 트롤의 피는 엄청난 가격에 매매되고, 가죽 또한 황실 근위 기사들이 플레이트 메일 안에 입는 방어구의 재료가 되기에 비싸게 팔렸다.

도감을 읽다 보니 아버지에게 들었던 내용도 어느 정도 떠오르는 듯 그가 생각에 잠겼다. 그러고 보니 아버지의 동료 중 한 명이 마법사라고 했던가?

"나도 마법 배워 보고 싶다."

이곳에서 일하면서 가장 좋은 점이라고 하면 남들은 쉽게 보지 못할 마법사와 마법을 자주 볼 수 있다는 점이다. 그 점이 가장 마음에 들었던 발렌. 거기다 세인브리트 마탑 도서관의 사서가 되면 혹시 마법을 익힐 날이 오지 않을까 기대했던 적도 있었다. 그러나 평민에게 마법을 쉽게 알려 줄 턱이 없었다. 일하기 전에는 마탑의 사서가 되면 마법 서적들을 볼 수 있을 것이라 생각한 적도 있었다. 결과적으로 마법 서적들은 3층에 비치되어 있고, 마탑 소속의 마법사들만 들어갈 수 있었다. 이곳에 근무하게 된 지 며칠 되지 않아 모르고 열었다가 침입자 경보가 울려, 도둑이 들면 경계병들이 무기를 들고 우르르 몰려온다는 사실을 몸소 체험했을 뿐이지만.

그렇게 몬스터 도감을 읽고 난 후, 발렌이 책을 다시 책꽂이에 넣었다.

덜컥!

"응?"

책을 꽂아 두려는데 뭔가에 걸려서 책이 안 넣어졌다. 발렌이 힘을 줘 억지로 넣으려고 했으나, 마찬가지였다. 방해물을 치우기 위해 랜턴을 비춰 보았다.

"이게 뭐지?"

잘 꽂힌 책들 뒤로 뭔가가 보였다. 발렌이 손을 집어넣어 만져 보았다. 나무로 만든 무언가가 느껴졌다. 발렌은 책들을 꺼내 공간을 확보했다. 그리고 곧 네모난 서랍을 발견할 수 있었다. 누군가가 일부러 만든 것 같았다. 서랍을 열어

보았지만 어찌나 뻑뻑한지 열리지 않았다. 힘을 줘서 간신히 서랍을 여니, 그 안에 웬 책이 들어 있었다.

"누가 여기에 책을 숨겼나?"

얼마 전 책 목록을 재점검했는데 딱히 없어진 건 없었다. 그리고 최근 도서관에 찾아온 마법사도 없었다. 그렇다는 건 처음부터 이렇게 되어 있었다는 건데…… 호기심에 책을 들어 확인했다. 종이가 누렇게 변색되어 있었고, 책도 옛날 양식이었다. 상당히 오래된 고서라는 걸 짐작할 수 있었다. 그가 책 제목을 확인했다.

『보나바르 마법서』

"……."

순간 발렌이 침묵했다. 보나바르 마법서. 보나바르라면…… 바올라 제국의 개국 공신이자 영웅, 그리고 세인브리트 마탑의 초대 탑주가 아니던가!

"잠깐, 이게 왜 여기에 있는 거지?"

발렌이 기가 찬 얼굴로 책 제목을 몇 번이나 들여다보았다. 다시 확인해도 보나바르 마법서라고 적혀 있었다. 이런 게 왜 이곳에 숨겨져 있다는 말인가! 발렌은 기가 막힌 표정을 짓다가 문득 이 책장만 유독 낡았다는 걸 알 수 있었다.

'그러고 보니 세인브리트 마탑이 세워지고 이백 년간 마

탑의 소속이 아닌 한 그 누구도 출입할 수 없었다고 했지?'

세인브리트 마탑의 역사에 대한 책을 보고 안 지식이었다. 그렇다면 천 년 된 책장에 누군가가 마법서를 보관해두었다고 해도 이상할 건 없었다. 다만 이런 장치를 만들어 숨긴 것이 좀 의아했다.

'마법사들은 아주 드물게 도서관을 자신의 연구 성과를 숨기는 창고로 쓴다는데……'

도서관에 왔으면 얌전히 책이나 읽고 갔으면 싶지만, 제멋대로인 세인브리트 마탑의 마법사들에게 부탁하기에는 너무 힘든 일이다. 초대 마탑주라고 해도 여타 마법사와 다르지는 않은 모양이다.

발렌은 제이프가 오면 이걸 보고해야겠다고 생각하다가 문득 손이 멈칫거렸다.

"마법서라면…… 마법을 배울 수 있는 거 아냐?"

순간 그런 생각이 들었다. 머리로는 안 된다고 하는데, 눈은 자꾸 마법서를 응시하고 있었다. 게다가 손은 어느새 책 표지를 들춘 상태였다. 머리보다 몸이 먼저 반응하고 말았다.

"잠깐 보는 건데…… 괜찮겠지?"

어차피 한 번 본다고 닳는 것도, 그렇다고 바로 마법을 익힐 수 있는 것도 아니다. 마법을 배우려면 그만큼 기초를

탄탄히 해야 하는데, 그는 마법의 '마' 자도 모른다. 거기다 마법이 한 번 읽는다고 이해할 수 있는 영역의 것도 아니다. 그는 그렇게 정당함을 스스로 판단하며 랜턴을 비춰 읽어 보았다. 고대 문자지만, 잡다한 책을 읽으며 고서도 읽었기에 해석하는 건 그리 어렵지 않았다.

> 이 책을 발견하는 이에게 경고한다. 이 다음 장을 펼쳐 드는 순간, 그대는 그대에게 다가올 수많은 운명으로부터 맞서 싸워야 할 것이다. 하지만 그대에게 한 가지 확신을 줄 수 있다. 그대는 이 책으로 하여금 나와 같은 영광을 누릴 수 있게 될 것이다.

"……설마 이 책, 굉장한 마법서인가?"

아주 조금 읽었을 뿐이지만, 함부로 경고하는 것 같지는 않았다. 그만큼 엄청난 마법을 익힐 수 있는 책이 아닐까, 자신이 굉장한 유물을 발견한 것은 아닐까 하는 생각이 들었다. 그것도 보나바르의 마법서다. 보나바르는 대륙 역사상 손에 꼽히는 마법사 중 한 명이다. 그런 보나바르와 같은 영광이라니. 세상에 두 번 다시없을 대영웅의 영광을 누릴 만큼 강한 마법이란 말인가!

발렌이 침을 꼴깍 삼켰다. 당장 일을 때려치우고 마법에 본격적으로 입문해 이 책을 익힐까 생각했다. 그러나 그는 곧 고개를 저었다.

이 책을 빼돌렸다는 걸 알게 된다면 필시 큰 사달이 날 게 뻔하다.

마법서를 외부로 빼돌리는 건 목숨을 걸고 해야 하는 일이다.

평범한 사서인 발렌은 자신의 목숨을 걸고 모험을 할 배짱이 없었다.

'무슨 내용인지 궁금하기는 하네.'

책을 가리지 않고 보는 발렌은 평소에도 호기심이 굉장히 많다. 때로는 그 호기심 때문에 일을 그르칠 때도 간혹 있었다.

이번에도 마찬가지다. 목숨을 걸 자신은 없지만 잠깐 보고 싶다는, 보나바르가 어떤 마법을 써 놓았는지 궁금했다.

'그래, 어차피 어떤 마법이 있는지만 보는 거잖아. 괜찮을 거야.'

그렇게 호기심을 이기지 못하고, 결국 책을 펼쳐 드는 그 순간이었다.

화악!

책을 펼치자 하얀 빛이 그의 주위를 휘감기 시작했다.

"뭐, 뭐야?!"

발렌이 당황해서 책에서 손을 놓으려고 했지만, 어째서인지 손이 떨어지지 않았다.

빛은 더더욱 강해지고 그의 전신을 감싸는 순간이었다.

그대의 운명에 축복이 함께하기를.

누군가의 목소리가 머릿속에 들려오는 것과 함께, 의식을 잃었다.

Chapter 02
엘리즈 황녀

<마법사>

물, 불, 바람, 흙 등 자연을 다루는 기술을 쓰는 마나 사용자. 마법사의 등급은 크게 매지션(1~2서클), 메이지(3서클), 위저드(4~5서클), 아크 메이지(6서클), 아크 위저드(7서클 이상). 이렇게 다섯 가지로 나뉜다.

─『마법 초심자를 위한 기본 개념』5p 발췌─

          *   *   *

"사람들의 관심이 쏟아지는 건 싫은데……."

엘리즈 폰 바올라는 입술에 손가락을 얹으며 마차에서 그렇게 중얼거리고 있었다.

황성에서 그렇게 멀지 않음에도 마차를 타고 마탑으로 가야 하다니.

명분은 황녀의 호위였지만, 사실상 황실의 위엄을 이렇게 보이려고 하는 것이리라는 생각이 들었다.

그녀는 이런 것이 싫었다. 평범하게 걸어가고자 아버지, 그러니까 현 황제인 데오나프 폰 바올라에게 말했더니 안 된다는 말 뿐이었다.

"괜히 이것 때문에 마탑 사람들이 불편해하지 않았으면 좋겠는데."

세인브리트 마탑이 세워진 천 년 동안 황실 사람이 세인브리트 마탑 소속으로 들어간 경우는 손에 꼽을 정도였다. 고작 두 명.

이제 곧 엘리즈도 세인브리트 마탑 소속의 마법사가 될 테니 세 명으로 늘어날 것이다.

마탑의 사람들이 자신이 황녀라고 불편해하기를 원치 않았다.

세인브리트 마탑에 일생을 바칠지, 아니면 도중에 나올지는 모르는 일이지만, 그래도 자신을 불편해하지 않았으면 했다.

　편하게 대할 사람도 이 행차를 보고 불편해하면 어쩌나 그런 생각을 하고 있는데, 곧 마차가 멈춰 섰다.

　"황녀님. 도착했습니다."

　마차 밖으로 사막 부족 출신의 시종이 문을 열었다.

　황성에서 그렇게 멀지 않은 덕분에 도착하는 것도 금방이었다.

　타자마자 바로 내리는 기분이었다. 엘리즈는 옷맵시를 살피고는 천천히 마차에서 나왔다.

　마차 밖으로 나오니, 마법사들이 줄지어 서 있었다.

　"이시 오십시오, 황녀님. 오랜만입니다."

　어지간해서는 얼굴도 잘 안 보이고, 안에 틀어박혀 마법을 탐구하고 있는 탑주도 밖으로 나와 황녀를 반갑게 맞이했다.

　황실 사람이 와도 황제가 아니라면 절대 나오지 않던 탑주가 웬일로 무거운 엉덩이를 떼고 나왔다.

　그녀의 재능을 가장 먼저 알아본 사람이 탑주이고, 적극적으로 마탑에 들어올 것을 권유했으니 이렇게 직접 나온 것이리라.

　"예, 오랜만이에요, 탑주님."

　"그간 별일 없으셨습니까?"

"예, 평소와 같았어요. 그런데…… 말씀 편하게 하세요. 저도 곧 탑주님 밑으로 들어갈 사람인데."

"후후, 아직은 아니지 않습니까. 말은 나중에 놓아도 충분합니다."

지금은 아직 황녀의 신분. 정식으로 마탑 소속의 마법사가 되기 전까지는 세인브리트 마탑의 마법사라고 할 수 없었다.

매우 이례적으로 미리 도서관 3층 열람 권한을 주기는 했지만 말이다.

"오시는 데 불편한 점은 없었습니까?"

엘리즈가 황성을 바라보았다. 높게 솟은 황성의 성이 눈에 들어왔다.

여기서 걸어가도 고작 20분 남짓한 거리다. 오히려 마차를 타고 오는 게 더 무안할 지경이었다.

탑주도 자신이 말한 것이 너무 인사치레였다고 생각하며 허허 웃었다.

"한데, 갑자기 이곳에 방문하시겠다고 한 연유가 무엇입니까?"

"한 번 둘러보려고요. 곧 세인브리트 마탑 소속이 되면 계속 이곳에서 지낼 테니 미리 알아 두는 게 좋겠다 싶어서요."

"허허허, 황녀님께서는 호기심이 많으신 모양입니다. 마법사에게 배우려는 열망과 탐구, 호기심은 중요한 것이지요."

엘리즈가 빙긋 웃어 보였다. 탑주가 수염을 쓸어내리며 입을 열었다.

"제가 안내해 드리겠습니다. 겸사겸사 황녀님께서 지내실 방도 미리 안내해 드리면 좋겠군요."

엘리즈가 깜짝 놀라며 고개와 손을 저었다.

"아뇨, 괜찮아요. 그저 잠시 둘러보려고 하는 것뿐인걸요. 그리고 탑주님께서는 늘 마법에 대해 연구하시느라 바쁘시잖아요. 그 외에도 솜 있으면 건국 기념일이니 더욱 바쁘실 테고요."

"허허허, 저를 배려해 주시는 겁니까?"

사실 탑주가 바쁜 시간을 쪼개 가며 나온 것이기는 했다.

마법에 대해 연구하는 것만이 아니라 이곳에서 일어나는 모든 일을 기록하고 관리하는 일을 하기 때문에 하루도 바쁘지 않은 날이 없었다.

특히 엘리즈가 갑자기 어제 이곳에 온다고 알려 와서 하던 일도 채 끝내지 못한 상황이기도 했다.

'애초에 중간에 빠져나갈 속셈이었지만.'

탑주는 그런 생각은 굳이 내뱉지 않고 티 내지 않기 위해 얼굴에 미소를 그리고 있을 뿐이다.
"그렇다면 제가 사람 한 명을 붙여드리겠습니다. 제이프 도서관장."
"예."
제이프가 앞으로 나왔다. 그는 잔뜩 긴장하고 있었다.
뻣뻣하게 걸어 나오고, 얼굴에는 폭포처럼 땀이 쏟아지고 있었다.
'미, 미치겠네!'
제이프는 출근을 하다가 갑자기 탑주에게 잡혀 안내인이 되었다. 탑주가 자신들이 하는 일에만 매진하는 마법사들은 안내를 제대로 해 줄 것 같지 않아 누구를 붙일지 고민하던 찰나, 그가 출근하는 것을 목격했기 때문이다.
제이프는 마법사이기는 하지만, 그렇게 틀에 박힌 사람이 아니었기에 제격이라고 생각한 것이다.
그의 입장에서는 평소처럼 출근했다가 봉변을 당한 셈이다.
"도서관장님이요? 그렇다면 세인브리트 도서관의……."
"예. 제, 제가 세, 세인브리트 도서관의 관장, 제이프라고 합니다. 황녀님."
얼마나 긴장했는지, 말을 심하게 더듬었다. 그 모습을 보고 엘리즈가 작게 웃었다.

황실 사람을 처음 보면 다들 이런 반응이었다.

엘리즈도 어느 정도 적응한 상태라 그의 마음을 이해했다.

작은 실수도 용납하지 않을 정도로 그녀는 깐깐하거나 권위적인 사람도 아니었다.

그녀는 이런 사람들의 긴장을 풀기 좋은 방법이 무엇인지 잘 알고 있었다. 그녀가 부드럽게 미소를 지어 주었다.

"반가워요, 세인브리트 도서관장님. 제가 마탑 소속이 되면 자주 뵙겠네요."

그 미소 덕분인지 제이프가 한결 마음이 편해진 듯 보였다.

"예! 영광입니다, 황녀님!"

아직 덜 풀린 것 같기는 하지만, 곧 괜찮아지리라 생각했다. 탑주가 제이프의 등을 탁탁 두드렸다.

힘내라는 듯 격려하는 것 같지만, 탑주의 표정은 그게 아니었다. 어쨌든 지금은 황녀이니 실수하지 않도록 조심하라는 경고였다.

제이프가 또다시 긴장 상태가 되었다. 탑주는 제이프의 속마음도 모르고, 엘리즈를 지그시 바라보며 푸근한 미소를 지었다.

"그럼 편히 둘러보시지요. 궁금한 것이 있으면 언제든

물어보셔도 될 겁니다."

"예, 탑주님."

탑주가 몸을 돌리자 일렬로 늘어섰던 마법사들도 마치 자신들의 일이 끝났다는 듯 따라 들어갔다.

마치 아무 일도 없었다는 듯이.

'첫째 오라버니께서 세인브리트 마탑의 마법사들이 마음에 안 드신다고 하셨는데, 저것 때문이셨구나.'

마법사들의 태도에 대해서는 익히 들었지만, 직접 보니 감회가 새로웠다.

마법사들이 모두 들어가고 나니 엘리즈와 시종들, 호위를 위해 같이 온 기사들, 그리고 안내인 도서관장 제이프만 남겨졌다.

혼자 남아서 더 불안해진 듯 제이프의 동공이 쉴 새 없이 떨리자, 엘리즈가 다시 긴장을 풀어 주려는 듯 미소를 지었다.

"그럼 안내를 부탁드릴게요. 도서관장님."

"예, 황녀님."

* * *

엘리즈는 마탑의 허락된 곳들을 돌아다니며 여기저기 둘

러보았다. 마탑 내부에 기사들은 한 명도 들어오지 않은 채, 입구를 지키고 서 있었다.

기사들은 마탑 내부에 들어오는 것이 허락되지 않았다.

이유라고 한다면 기사들이 플레이트 메일을 입고 있었기 때문에 모든 부위에서 금속성이 계속 들렸기 때문이다.

특히 사바톤이라고 불리는 철제 장화는 석재로 만들어진 바닥과 만나면 매우 요란한 소리를 냈다.

그러니 기사들이 돌아다니면 마법사들에게 엄청난 방해가 될 수밖에 없었다.

마탑이 만들어진 초기에는 그러한 이유 때문이었지만, 근래에는 다른 이유가 추가되있다.

기사와 마법사는 개와 고양이처럼 사이가 썩 좋지 못하기 때문이다.

기사들의 입장에서 마법사들은 자기들밖에 모르는 이기적인 놈들이고, 마법사의 입장에서 기사들은 거만한 놈들로 인식되고 있었다.

혹시라도 분란이 일어날지도 몰라 원천봉쇄 하는 것이다.

그렇게 마탑 내부를 다 둘러본 엘리즈는 접객실로 안내받아 잠시 티타임을 가지기로 했다. 다행히 접객실에는 따로 사람이 있어 홍차와 다과가 알아서 나왔다.

그렇게 잠시 쉬어갈 겸 접객실에 안내받았는데, 엘리즈가 제이프에게 물었다.

"음…… 도서관은 안 가나요?"

도서관이라는 단어에 깜짝 놀란 제이프가 하마터면 입에서 홍차를 쏟을 뻔했다.

"도, 도서관 말입니까? 아직 구경할 곳이 많습니다만……."

제이프는 그녀가 도서관에 가지 않게 하려는 속셈이다. 이유는 간단했다.

'아까 도열했을 때, 발렌 이놈이 깨어 있었다면 분명 황녀님의 얼굴을 보기 위해 얼쩡거렸을 텐데 도서관 창가에서 안 보인 걸 보니 분명 늦게까지 책을 읽다가 잤을 거야.'

아마 그의 생각이 맞다면 지금쯤 도서관 책상 위에 책을 가득 쌓아 두고 자고 있을 게 뻔하다.

일주일에 세 번은 목격하는 장면이니 새삼스러울 건 없다. 다만 그 모습을 엘리즈에게 보이는 것은 큰 실례다.

마탑이 넓은 것을 이용해 점심 식사쯤에 안내할 생각이었다.

그 정도로 마탑은 볼 것이 많기 때문이다. 그리고 발렌이 아침에 잤다고 해도 점심시간이 될 때는 일어나 있을 것이라 생각했다.

'왜 저러지?'

그런 깊은 사정을 모르는 엘리즈는 그가 도서관을 안내하지 않는 이유가 궁금할 따름이다.

어색한 표정을 봐서 자신이 알지 못하는 깊은 사정이 있을 것이라 생각했다.

그러나 엘리즈가 이곳에 갑작스럽게 방문하게 된 이유는 도서관에 가 보고 싶어서였다.

황성 내부에도 도서관은 있으나, 마탑 내부의 도서관에는 황성에 없는 책도 많다는 얘기를 들었기 때문이다.

읽지 못한 책들을 조금이라도 빨리 읽고 싶어 학수고대하고 있던 것이다.

스륵—

드레스의 옷깃이 스치는 소리가 계속해서 들렸다. 엘리즈가 치맛자락 안으로 심하게 다리를 떨고 있었다. 최대한 자중하고 있지만 빨리 가보고 싶어 근질거렸다.

분위기로 보아하니 지금이 아니라 한참 있다가 갈 것 같다는 느낌이 들었다.

평소 인내심 있는 그녀가 인내하지 못하는 경우는 딱 하나, 책을 읽을 때였다.

"황녀님. 어디 불편하신 곳이라도?"

"아뇨, 신고 있던 구두가 벗겨져서요. 잠시 고쳐 신을게요."

"예, 알겠습니다."

엘리즈는 보는 눈이 있기에 행동 하나하나 조심할 수밖에 없었다.

제이프는 그녀가 다리를 떨 것이라 생각도 못한 듯 보였다.

구두를 다시 신는 시늉을 하기 위해 잠깐 허리를 숙이는 순간이었다. 그녀의 팔이 잔과 부딪쳤다.

"어맛?"

홍차가 담긴 잔이 떨어졌다. 그리고 홍차가 드레스에 묻어 빨갛게 얼룩졌다.

"화, 황녀님. 괜찮으십니까?"

"아, 예. 전 괜찮아요."

제이프가 화들짝 놀라며 그녀의 몸부터 걱정했다. 다행히 홍차가 식어서 화상을 입거나 하지 않았다.

"이거 어떻게 하지?"

엘리즈가 난감한 표정을 거두지 못했다.

그녀의 옆에 있던 시종이 손수건을 꺼내 그녀의 얼굴에 묻은 홍차를 닦았다.

살짝 혀로 입술을 핥으니 미처 닦지 못한 차가운 홍차 맛이 입 안에 감돌았다.

"황녀님."

"아차!"

엘리즈가 순간 아차 싶어 제이프에게 고개를 돌렸다.

혀로 입술을 핥는 것은 그녀가 어렸을 적부터 지금까지 고치지 못한 버릇이었다.

남들이 보기에 흉한지 어떤지 모르지만, 자주 보이면 신경 쓰일 수밖에 없기에 황제가 최소한 사람들과 만났을 때만이라도 조심하라는 당부를 했다.

하지만 버릇이 자기 마음대로 컨트롤 되는 것인가. 자신도 모르는 사이에 나오는 게 버릇이 아니던가.

지금처럼 자신도 모르게 입술을 핥는 버릇이 나오는 경우가 심심찮게 있었다.

다행히 제이프는 보지 못한 모양이었다.

홍차를 흘린 것에 놀라 아직 정신을 차리지 못한 것 같았다.

"그나저나 이거 어쩌지?"

홍차가 묻은 옷을 입고 돌아다닐 수도 없고. 난감한 표정을 짓고 있자, 시종이 고민하다가 입을 열었다.

"사람을 보내 옷을 가지고 오도록 조치해 두겠습니다. 황제 폐하께오서 엘리즈 황녀님이 쓰실 방에 미리 옷을 넣어 두었다고 얼핏 들었습니다. 그 옷으로라도 갈아입으시겠습니까?"

"음…… 그게 좋겠지?"

어차피 나중에 입을 거, 지금 입는다고 흉볼 사람도 없을 것이다.

"그럼 제가 쓸 방에 잠시 다녀올게요. 좀 오래 걸릴지도 모르는데, 잠시만 기다려 주시겠어요?"

"어이쿠, 아닙니다. 천천히 갈아입으시기 바랍니다."

"여기에 대기하고 있어."

"예?"

"금방 갈아입고 올 테니까."

"알겠습니다, 황녀님."

시종이 정중히 고개를 숙이며 부동자세로 섰다.

엘리즈는 접객실에서 나와 자신이 쓰게 될 방으로 발걸음을 옮겼다.

따라오는 이와 보는 이가 없다는 걸 눈치챈 엘리즈가 주먹을 말아 쥐었다.

'헤헷, 성공이야!'

사실 이것은 그녀가 의도한 일이었다. 이유는 간단하다.

도서관에 가기 위해 어떻게 하면 좋을까 생각해서 꾀를 낸 것이다.

자연스럽게 찻잔을 떨어뜨려 드레스를 적시고, 옷을 갈아입는다는 명목으로 빠져나온다.

항상 뒤따라오는 시종을 어떻게 떼어 낼까 고민했다가, 지금 그녀의 옆을 지키는 시종은 한 명. 거기다 들어온 지 고작 한 달도 안 된 신입이었다.

어지간히 오랫동안 이 일을 한 시종들이라면 바로 졸졸 따라왔겠지만, 신입이 괜히 신입이겠는가.

항상 황녀의 옆을 지키며 보좌해야 하는 것이 바로 시종이다. 그러면서 황녀가 말하는 걸 들어야 한다.

그로 인한 모순점은 바로 여기서 발생한다.

황녀의 옆을 보좌하는 것과 황녀의 명령 중 어느 걸 택해야 할지 고민하는 경우가 대다수다. 그리고 그녀의 생각대로 제대로 먹혔다.

즉석에서 생각해 낸 거지만 괜찮은 생각이었다며 자화자찬하던 그녀는 콧노래를 부르며 자신이 쓸 방으로 들어갔다.

그녀는 곧장 옷장을 열었다. 옷장 안에는 옷들이 잔뜩 들어 있었다.

그것 말고도 옷장 안에는 엘리즈가 갖고 싶어 하던 장신구들도 들어 있었다.

"아바마마께서 많이 신경 써주셨구나……."

아마 마탑에 오면 깜짝 놀라게 해 주려고 했던 모양이다. 엘리즈는 아버지에게 감사하다고 인사하며 옷을 갈아입었다.

로브는 엘리즈의 몸에 잘 맞았다. 원단은 그리 나쁘지도, 굉장히 좋은 것도 아니었다. 그리고 세인브리트 마탑 소속임을 상징하는 문양이 자수 놓여 있었다.

그녀는 후드를 눌러쓰고는 탑 밖으로 나갔다.

탑 밖에서는 기사들이 경계를 서고 있었다.

기사들은 마탑에서 나오는 그녀를 보기는 했으나, 로브를 입고 있어 눈치채지 못했다.

게다가 대다수의 기사들은 오히려 보기도 싫다는 듯 고개를 돌렸다.

평소였으면 아무리 분장을 해도 체형을 보고 대략 엘리즈라는 것을 알았을 테지만, 마법사들과 사이가 나쁜 것이 크게 도움이 되었다.

'도서관은 후문 쪽에 있다고 했지?'

제이프에게 마탑을 안내받으며 도서관의 위치도 들었다. 덕분에 도서관을 찾는 데 애먹지 않고 쉽게 갈 수 있었다.

곧 그녀의 눈앞에 건물 한 채가 들어왔다.

현판에는 세인브리트 마탑 도서관이라고 쓰여 있었다.

마탑 만큼 높은 건물은 아니지만, 도서관치고 정말 크구나 싶었다.

 황실 도서관은 지하에 있는데, 지상에 건물을 따로 올리면 거의 이만하지 않을까 생각이 들었다.

 그렇게 도서관으로 들어오니 경계병들과 눈이 마주쳤다.

 후드를 쓰고 있는 덕분에 그들은 얼굴을 잘 보지 못했다.

 애초에 봤다고 하더라도 그들은 황녀라고 생각하지 못할 것이다. 엘리즈의 얼굴을 모르는 데다 아직 로브를 받았을 리 없다고 생각할 것이기 때문이다. 다만 엘리즈는 혼자 들키면 어쩌지 하고 걱정했다.

 "도서관을 이용하시려는 겁니까?"

 끄덕.

 도열했던 이들 중 경계병들도 몇 있었기에 목소리를 알아채는 사람이 있을지 모른다는 생각이 들어서 고개를 대신 끄덕이는 엘리즈.

 경계병은 그 반응을 보더니 별달리 제지하지 않았다.

 "안으로 들어가시지요."

 별다른 절차는 없었다. 엘리즈는 경계가 이렇게 허술해도 되는 건가 싶었다. 그러나 이럴 수밖에 없는 이유는 분명히 있었다.

 도서관을 이용하는 마법사들은 엘리즈처럼 똑같이 반응하기 때문이다.

순전히 얻어걸린 것이나 다름이 없었으나, 엘리즈가 이 사실을 아직 알 리 없었다.

엘리즈는 떨떠름한 표정으로 아무에게도 정체를 들키지 않고 도서관에 들어올 수 있었다.

도서관 내부에 들어오니 밖의 날씨와는 상반되게 상당히 시원했다. 그리고 익숙한 냄새들이 그녀의 코를 반겨 주었다. 고서들이 많이 있는 도서관에서 나는 냄새다.

엘리즈는 도서관의 냄새를 즐기며 후드를 벗었다. 이 더운 날에 후드를 쓰고 있으려니 벌써 얼굴에 땀이 나고 있었다.

더위를 식히려고 그녀가 손으로 부채질을 하고 있는 그때였다.

"저기……."

"히익?!"

갑자기 뒤에서 들려오는 소리에 엘리즈가 화들짝 놀랐다.

* * *

"으, 음?"

살짝 스며들어 오는 햇빛에 발렌의 눈이 떠졌다.

잠에 취해 멍한 눈으로 가만히 창가를 바라보고 있던 그가 화들짝 놀라며 일어났다.

"내가 언제 잠든 거지?!"

그가 황급히 주위를 둘러보았다. 본능적으로 이미 제이프의 출근 시간이 한참 되었다는 것을 느꼈다.

혼자서 일하고 있다가 이제 일어났냐며 크게 혼날 것을 걱정하는 발렌. 그러나 도서관을 둘러봐도 제이프는 보이지 않았다.

아니, 아예 도서관에 들어온 것 같지 않았다. 천만다행이라고 생각하며 의자에 털썩 앉았다. 어쩌다가 잠들었을까?

"그리고 보니 어젯밤에……."

어쩌다 잠들었는지 생각하다가 그는 어젯밤 일이 떠올랐다. 책에서 갑자기 빛이 쏟아져 나와 그의 몸을 감싼 것이 마지막 기억이었다.

그 이후로는 딱히 떠오르는 게 없었다. 그러나 책상 위에는 아무것도 없었다.

"나도 모르게 잠들었다가 꿈을 꾼 건가?"

발렌이 실소를 터트렸다. 하기야, 이곳이 증축이 이루어지지 않던 과거에는 마법 서적이 가득한 곳이었다고 해도 지금까지 보나바르의 마법서가 남아 있을 턱이 있나.

그런 게 있었으면 진즉에 탑주 외에 들어갈 수 없는 5층에 보관되어 있었을 것이다.

어지간히도 마법사가 되고 싶었던 모양이라고 생각하며 정신 차리라는 듯 스스로 머리를 주먹으로 쥐어박았다.

살짝 얼얼함이 감도니 대충 잠이 깨는 것 같았다. 그렇게 잠깐 앉아 있는데, 그가 또 하나를 떠올렸다.

"그러고 보니 황녀님이 오신다고 했는데?"

그가 살짝 고개를 내밀어 창밖을 바라보았다.

멀지 않은 곳에서 플레이트 메일로 무장한 기사들이 마탑 주위를 경계하고 있는 것이 보였다.

다행히 황녀는 아직 도서관에 들르지 않은 모양이다.

바로 이곳으로 왔으면 큰일 날 뻔했다고 생각하며 그가 도서관 내부를 정돈했다.

어제 대청소를 한 덕분에 그가 어지럽힌 곳만 정돈하면 됐다. 그래도 혹시 모르니 더 살펴보았다.

어제 대청소를 한 덕분에 먼지를 닦을 필요는 없어 보였다.

그저 책꽂이에 꽂힌 책들이 앞으로 튀어나온 것만 정리하면 충분했다.

끼이익— 덜컹!

문이 열리고 닫히는 소리가 들렸다. 이 경첩이 녹슬어 울리는 소리는 도서관 입구가 열리는 소리였다.

그가 살짝 고개를 내밀어 보니 마법사 한 명이 뒤집어쓴 후드를 벗고 손으로 부채질을 하고 있는 것을 볼 수 있었다.

이쪽에 등지고 서 있어 머리 모양과 체형을 보고 여성이라는 것만 대충 알 수 있을 뿐이다. 근 한 달 만에 온 마법사였다. 그가 천천히 다가가며 그녀를 불렀다.

"저기……."

"히익?!"

여성이 소스라치게 놀라며 발렌과 시선을 마주했다.

마치 피해서 도망치다가 딱 걸린 어린아이 같은 모양새다.

발렌이 뺨을 긁적이더니 그녀의 얼굴을 보고 고개를 갸웃거렸다.

'휴, 인기척 없이 다가와서 유령인 줄 알았네.'

그녀는 엘리즈였다. 엘리즈가 놀란 가슴을 쓸어내렸다.

"누구시죠?"

발렌은 고개를 갸웃거렸다.

발렌은 그녀를 바라보며 얼굴을 살폈다. 아직 소녀티를 벗지 못한 여성이었다.

입은 옷을 보면 분명 마탑 소속의 마법사인데, 오늘 처음 본 이었다.

"아, 저는……."

잠시 뭔가 곰곰이 생각하는 그녀. 그녀가 곧 입을 열었다.

"저는 리즈라고 해요."

"그렇군요. 저는 발렌시아라고 합니다."

남이 자기 이름을 말하니 발렌도 자신의 이름을 말해 주며 그녀를 바라보았다.

불순한 목적으로 온 사람은 아닌 것 같다.

당황해하는 것은 아마 아무도 없다고 생각했는데 자신이 있었으니 놀라서 그런 것 같다.

'그나저나……'

발렌은 그녀에게서 눈을 떼지 못했다.

그녀가 상당한 미모를 지니고 있었기 때문이다. 그리고 귀티가 나는 것 같았다.

귀족 출신인가 싶었다. 이 정도 외모면 솔직히 튀지 않을 리 없었지만, 발렌도 그러려니 넘어갔다.

마법사들은 방에 틀어박혀 나올 생각을 하지 않는 자들이 많기 때문이다.

꽤 오랫동안 이 탑에 있었으면서 얼굴 한 번 마주치지 못한 이도 가끔 있었다.

제이프의 말로는 끼니마저 식당에 나오지 않고 방으로

넣어 달라고 하는 이들도 있다고 할 정도니 말은 다한 셈이다.

실제로 제이프도 이곳에서 일한 지 15년 차였을 적 처음 보는 마법사가 도서관에 찾아와 3층을 열람할 거라고 하여 마탑 소속 마법사로 위장한 침입자라 생각하고 신고했던 적이 있다고 했다.

실제로 발렌도 가끔 식당에서 밥을 먹을 때나 도서관에서 일을 할 때 처음 얼굴을 마주치는 마법사가 간간이 있었다.

발렌은 그녀도 같은 부류라는 생각이 들었다.

"생각보다 재능이 뛰어난 분이신 모양이네요. 제가 알기로 최근 세인브리트 마탑에 마법사가 들어온 건 3년 전이라고 하던데."

엘리즈 황녀는 아직 마탑에 들어온 게 아니니 예외다.

그녀의 외모를 봤을 때 높게 쳐 줘도 막 스무 살이 조금 안 됐을까?

그가 생각하는 나이대로라면 십 대 중후반에 들어왔다는 소리다. 어린 나이에 왔다고 볼 수 있었다.

그의 말에 잠깐 당황한 엘리즈. 그러나 자신의 옷차림을 확인하듯 소매를 바라보더니 곧 환하게 웃으며 고개를 끄덕였다.

"아, 예!"

분위기가 상당히 다르다는 느낌이 들었다.

세인브리트 마탑 소속의 마법사들이 웃는 걸 발렌은 거의 본 적이 없었다. 그러나 그녀는 해맑게 웃고 있었다.

이곳 사람이 정말 맞나 싶기도 했다.

'로브에 마법 처리된 자수가 놓여 있고 비상벨이 울리지 않은 것을 보면 이곳의 마법사가 맞긴 한 것 같은데…….'

대부분이 모르는 사실이지만, 도서관 입구에는 그것을 판별하는 마도구가 있었다.

위장한 침입자가 로브를 훔쳐 입을 수도 있기에 이를 판별하기 위해 만든 마도구였다.

그녀가 침입자였다면 그녀가 입구에 들어온 순간 비상벨이 마탑 전체에 시끄럽게 울려 댔을 것이다.

'뭐, 내가 지금까지 본 사람들과 다를 수도 있는 거니까.'

역시나 이번에도 그러려니 하고 넘어가 버리는 발렌이었다.

"혹시 여기서 잠시 책을 읽을 수 있을까요?"

"황녀님께서 도서관에 오실지도 모르지만…… 딱히 아무도 들이지 말라는 말은 없었으니 괜찮을 것 같네요."

황녀라는 말에 그녀가 움찔거렸으나, 곧 어색한 미소를

지었다.

그녀는 주의하겠다며 고개를 주억이고는 책을 찾아다녔다.

뭔가 찾는 책이 있는지 열심히 돌아다니다가 결국 찾지 못하고 그에게 다가왔다.

"혹시 베르난 콜먼 작가님의 방랑자가 어디 있는지 아시나요?"

"베르난 콜먼…… 이요?"

"예."

발렌이 갑자기 자리에서 벌떡 일어났다.

그의 갑작스러운 행동에 그녀가 깜짝 놀라 하마터면 넘어질 뻔했다.

그의 얼굴은 상당히 상기되어 있었다. 발렌은 기쁨을 주체할 수 없다는 듯 보였다.

"베르난 콜먼 작가님의 방랑자를 찾으시다니, 정말 드문 일이네요! 찾는 사람도 거의 없는 책인데."

"그런가요?"

"예, 사람들이 졸작으로 평가해서 제목만 보고 다시 꽂아 놓는 비운의 작품이죠. 그러나 이건 한 번쯤 반드시 읽어야 해요. 아니, 두 번 읽으세요. 이 작품은 사실 명작이거든요. 비록 많은 사람들이 이해하지 못하고 졸작으로 치부

하는 작품이지만, 하나하나 이해하고 보면 정말 재밌는 작품이거든요. 아, 이럴 게 아니지. 따라오세요. 제가 찾아 드릴게요."

책 얘기가 나오자 발렌이 잔뜩 흥분해서 속사포로 내뱉으며 베르난 콜먼 작가의 방랑자를 찾아 엘리즈에게 건네주었다.

엘리즈는 그에게서 책을 받아 들었다. 생각 외로 무거웠는지, 그녀의 팔이 아래로 쑥 내려갔다.

"엄청 두꺼운 책이었네요?"

"네. 저도 하루 종일 붙잡고 읽었는데도 이틀에 걸쳐서 읽은 책이에요. 하지만 그만큼 볼만한 가치가 있죠."

"음…… 너무 양이 많아서 지금 다 읽을 수는 없겠네요. 혹시 간단하게 읽을 수 있는 양의 책으로 추천해 주실 만한 책이 있을까요?"

"그거라면 제 전문 분야죠. 메이블 작가님의 정령사의 전언을 보셨나요?"

"아, 저도 그거 읽었어요. 정말 감명 깊게 본 책이었어요. 정령사가 위험에 빠져 정령과 함께 헤쳐 나가며 하나씩 문제를 해결해 나가는 장면은 정말 최고였죠!"

리즈의 말에 의외라는 듯 발렌이 호기심 어린 눈으로 그녀를 바라보았다.

책 좀 읽었다는 사람들도 잘 보지 않는 책까지 보다니. 책을 정말 많이 본 것 같다는 생각이 들었다.

"그럼 스칼렛 오를 작가님의 초원은 보셨나요?"

"당연히 봤죠! 잘 알려지지 않은 책이지만 제가 볼 때는 최고의 명작이에요!"

어느새 엘리즈도 발렌 못지않게 잔뜩 흥분하며 말을 이었다.

"아무것도 없이 드넓게 펼쳐진 초원에 버려졌던 어린아이가 생존을 위해 혼자 헤쳐 나가야 했던 절박한 심정을 잘 드러낸 작품이었죠."

발렌은 그녀가 책의 가치를 제대로 알고 있다는 것에 놀랐다.

그녀의 고조된 흥분에 자신도 전염이 되었는지, 자신도 모르게 흥분하며 말했다.

"책으로 말이 통하는 사람이 있을 줄은 몰랐네요. 혹시 마지막 장면 기억나시나요? 주인공이 무슨 이유로 절망하고 있는지 쓰여 있지는 않았지만, 저는 작가가 일부러 독자들이 자유롭게 상상할 수 있도록 던져 준 질문이라고 생각해요."

잘 기억하고 있다는 듯 그녀가 고개를 주억였다.

"나중에는 초원의 왕을 쓰러뜨리고 자신이 왕으로 군림

했지만, 결국 자신이 초원에 비하면 작은 존재라는 걸 깨닫고 절망하는 모습은 정말 안타까웠어요."

"저는 마지막에 절망하는 모습을 초원의 왕으로 군림했어도 자신이 외톨이라는 사실이 변함없다는 것에 절망했다고 생각했는데, 그렇게도 생각할 수 있군요!"

어느새 책을 추천해 주다가 서로 읽은 책들에 대한 자신의 생각을 서로에게 말하는 열띤 토론이 이어졌다.

* * *

"정말 책을 많이 봤구나, 발렌은?"

"리즈, 너도 마찬가지야."

어느새 서로 가까워져 반말까지 하는 사이가 된 발렌과 엘리즈. 서로 책을 가리지 않고 본 덕분에 서로 침이 마르도록 말을 많이 하면서 엘리즈가 어느새 자신도 모르게 하대하듯 반말을 했는데, 그때부터 발렌도 반말을 해 버린 것이다.

그녀가 황녀였다는 걸 알았더라면 절대 하지 못했을 행동. 그러나 그녀는 이것이 딱히 싫다는 느낌이 아니어서 가만히 놔뒀다.

그 덕분인지 더욱 가까워진 느낌을 받을 수 있었다.

그와 지식을 공유할 수 있다는 것과 서로 책을 좋아한다는 공감대가 있는 덕분에 친구가 생긴 기분이었기 때문이다.

엘리즈가 앞에 놓여 있는 홍차를 마셨다. 말을 하다 보니 갈증이 생겨 발렌이 타 온 것이다.

좋은 잎을 쓴 덕분에 엘리즈도 맛있게 즐기고 있는 중이다.

"설마 내가 읽은 책들을 다른 이도 읽었을 줄은 몰랐어."

"나도 마찬가지야."

책 좀 읽어 봤다는 사람들과 대화해도 서로 겹쳐 읽은 책이 거의 없거나, 그들의 지식을 못 따라가는 경우가 대부분이었다. 그러나 그 둘은 서로 겹쳐 읽은 책이 많았고, 토론할 정도로 책을 자세히 이해하고 있었다. 덕분에 둘 다 즐겁게 토론할 수 있었다.

"그러고 보니 밖이 소란스럽네? 무슨 일이 있나?"

창밖을 바라보니 근위 기사들과 시종들이 바삐 돌아다니고 있는 것이 보였다. 무슨 일이라도 생겼나 싶어 발렌은 긴장한 듯했으나, 엘리즈는 다들 왜 저러는지 대충 알고 있었기에 침착했다.

시간이 지나도 접객실에 오지 않아 그녀를 찾아다니고 있는 것이다. 그리고 얼마 지나지 않아 이곳도 확인하러 올 것이다.

그녀가 이곳에 온 목적이 도서관에 방문하는 것도 있으니까.

끼이익— 덜컹!

경첩이 울리는 소리와 함께 문이 열리고 닫혔다.

발렌이 뒤를 돌아보자, 그곳에는 제이프와 시종들, 근위 기사들이 함께 있었다.

"어이쿠, 황녀님이 오셨나 보네?"

혼잣말하듯 작게 말한 발렌. 그가 자리에서 일어나자 제이프가 손가락으로 찌를 듯 그를 가리켰다.

"바, 발렌. 너 뭐하고 있던 것이냐?"

"리즈하고 대화를 하고 있었습니다. 아, 이 마법사는 이번에 친해진 리즈라고 해요. 저도 마법사 친구가 생겼네요."

발렌이 그녀를 가리켰다. 순간 제이프의 입이 떡 벌어지며 동공이 커졌다.

왜 저렇게 놀라는 지 아직 상황 파악을 하지 못한 발렌.

뒤에 있던 엘리즈가 숨죽여 웃고 있었지만, 그 모습을 보지 못했다.

"리즈, 저분은 도서관장님이셔."

"나도 알고 있어."

엘리즈가 미소를 지으며 자리에서 일어난다. 제이프가 차마 소리는 지르지 못하고 사색이 된 채 입 모양으로 계속 뻥긋뻥긋 거렸다.

발렌이 고개를 갸웃거리며 그의 입 모양을 관찰했다.

'황녀님! 엘리즈 황녀님!'

제이프는 입 모양으로 계속 그 말을 하고 있었다.

"왜 그러십니까?"

엘리즈 황녀님이 오셨으니 사적인 대화는 그만두라는 의미인가?

그러나 그들의 뒤에는 시종과 근위 기사들 말고 아무도 없다.

황녀로 추정되는 사람은 보이지 않았다. 그가 말뜻을 이해하지 못하자 제이프가 참다못해 도서관 내에서 소리를 질렀다.

"그분은 엘리즈 황녀님이시라고!"

뜻을 알아챈 순간 발렌의 얼굴이 하얗게 질렸다. 자신에게 집중된 시선이 무섭다.

플레이트 메일로 완전 무장한 기사들의 시선은 더욱 무섭다.

허리춤에 손을 가져다 대고 언제든 검을 뽑을 준비를 하는 건 더더욱 무서웠다.

"후후, 정식으로 소개할게, 발렌. 난 2남 2녀 중 넷째, 곧 세인브리트 마탑 소속의 마법사로 들어올 엘리즈 폰 바올라라고 해."

폰 바올라.

세상에 많은 성들이 있지만 폰 바올라라는 성을 가진 이들은 별로 없었다. 바로 바올라 제국 황실의 핏줄들이다.

그녀의 입에서 그 말이 툭 튀어나오자 발렌의 얼굴은 하얗다 못해 창백해졌다. 발렌이 당장 행동으로 나섰다.

"죄, 죄송합니다! 황녀님인 줄 모르고 결례를 범했습니다!"

발렌이 그녀의 앞에 바짝 엎드렸다.

설마 그녀가 엘리즈 황녀였다니. 상상도 못했던 일이다.

귀족 가문에서 발탁된 마법사라고만 생각했지, 설마 엘리즈 황녀일 줄은 예상치도 못한 것이다.

"발렌."

"예, 황녀님!"

"……."

엘리즈가 아무 말도 하지 않았다.

살짝 고개를 들어 보니 엘리즈가 쿡쿡 웃고 있었다.

정작 발렌은 가슴을 졸이고 있는데, 엘리즈는 이 장면이 재밌는 모양이다.

잠시 눈이 마주치자, 발렌이 다시 황급히 고개를 숙였다.

평민이 감히 황녀와 눈을 마주치는 건 있을 수 없는 일이었다.

'내가 미쳤지. 황녀님에게 반말을 툭툭 내뱉다니!'

이것을 내심 아니꼽게 보았다면 벌을 받아도 할 말이 없었다. 어쩌면 간밤에 쥐도 새도 모르게 사라질지도 모른다는 생각이 들었다.

마법사들에게 존칭을 사용하는 게 맞기는 하지만, 꼭 그럴 필요는 없었다. 친한 자들끼리 반말을 쓰고는 했다고 제이프가 말해 준 적이 있었기 때문이다.

"괜찮으니까 사과할 필요 없어. 오늘 정말 즐거웠어. 곧 이곳으로 들어오게 될 텐데, 앞으로도 친하게 지내자."

엘리즈가 손을 내밀었다. 발렌은 그녀가 무슨 의도로 손을 내밀었는지 알고 있었지만, 쉬이 그녀의 손을 마주 잡을 수 없었다.

눈치를 보고 있는데, 엘리즈가 입술을 삐죽 내밀었다.

"나 팔 아픈데?"

그 말에 발렌이 얼른 그녀의 손을 마주 잡았다. 귀족하고도 손을 잡은 적 없는데 황녀의 손을 잡아 보다니.

평민인 그에게는 무한한 영광이면서 평생의 자랑거리로 삼을 만한 것이기도 했다.

제이프가 상황이 대충 누그러진 것을 확인하며 그녀에게 다가와 정중히 물었다.

"황녀님. 혹 발렌이 결례를 한 것이 있으면 용서해 주시겠습니까?"

"결례라니요. 발렌과 정말 즐거운 대화를 나눴어요. 오히려 상황을 보자면 제가 민폐를 끼친 거죠."

"미, 민폐라니요. 가당치 않습니다. 그래도 즐거우셨다니 다행입니다."

엘리즈의 표정을 보니 그 말은 거짓 없는 진심이라는 걸 알 수 있었다.

제이프는 안도의 한숨을 내쉬며 놀란 가슴을 쓸어내렸다.

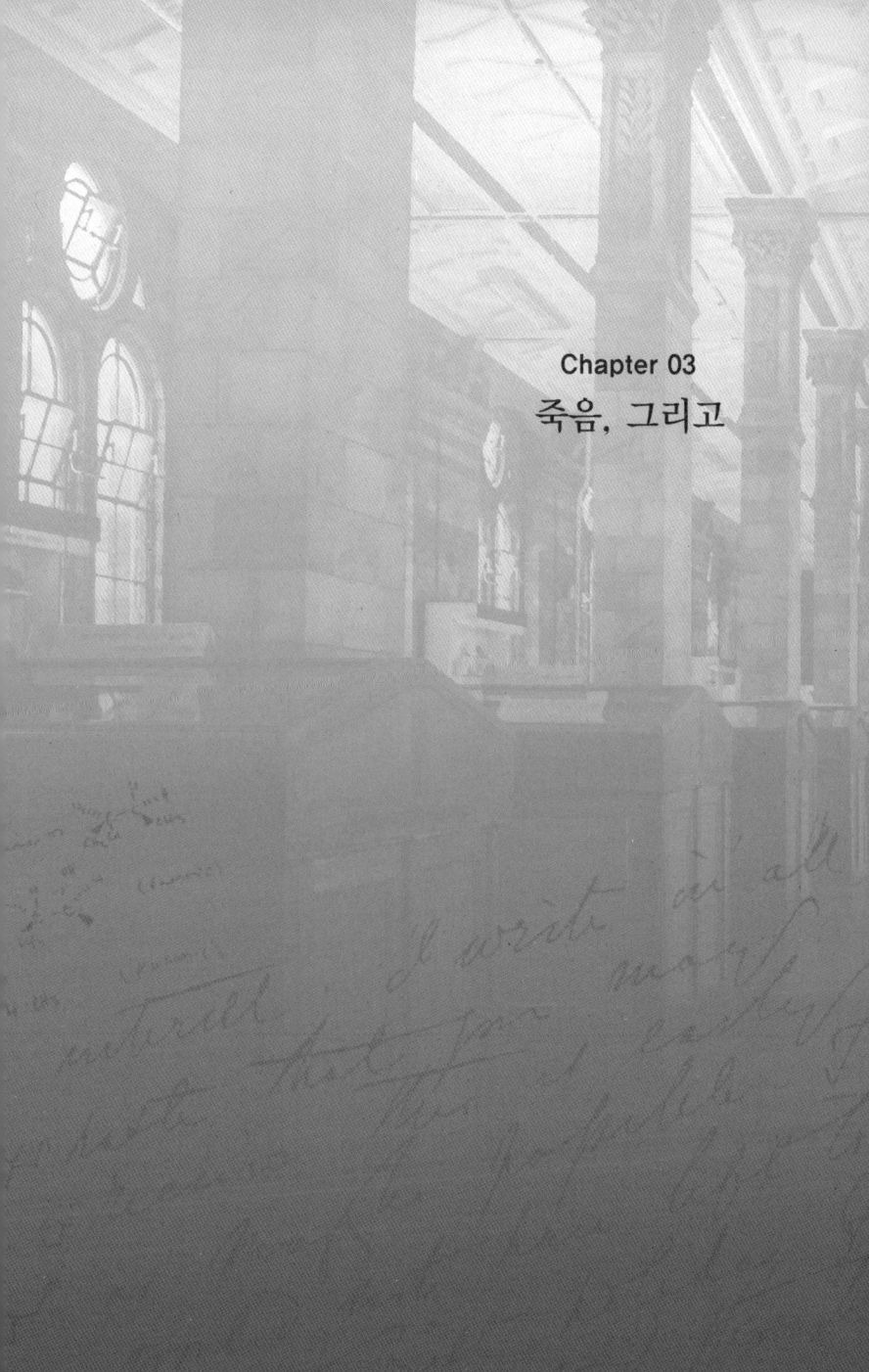

Chapter 03
죽음, 그리고

〈보나바르 디 에디소프〉

생애: ?~3254년 6월 2일.

―세인브리트 황제의 친우이자 참모이다. 트라비키아 통일 제국 황제의 폭정에 맞서 세인브리트 황제와 뜻을 함께한 일등 공신이다. 훗날 뛰어난 마법사들을 배출하여 마법계의 제2 전성기를 일으키며, 세인브리트 마탑 최초의 탑주가 된다.

―『세인브리트 황제 전기』인물 소개란 中 발췌―

* * *

엘리즈는 도서관에 잠깐 있다가, 저녁이 되기 전에 마차를 타고 다시 황성으로 되돌아갔다.

원래 예정대로라면 저녁을 마치고 돌아갈 것이라 했는데, 몸이 좋지 않아 먼저 가는 모양이었다.

한바탕 폭풍이 몰아친 것처럼 제이프와 발렌이 의자에 널브러진 채 천장 무늬의 수를 세고 있었다.

"발렌."

"예, 관장님."

"너 근위 기사들 표정 봤지? 내가 따로 듣자 하니 리즈는 엘리즈 황녀님의 애칭이라고 하더라. 네가 황녀님께 애칭을 부르면서 툭툭 반말할 때 죽일 듯이 쳐다보더라?"

그 눈빛을 어찌 잊겠는가.

당장 명령만 떨어지면 칼을 뽑아 자신의 목을 벨 기세였다.

하마터면 그 자리에서 오줌을 지릴 뻔했다. 황성에서 일하는 사람들은 매일 이런 긴장 상태에서 살아가는 것일까?

발렌의 성격이라면 며칠 버티지도 못하고 답답해서 바로 나왔을 것 같았다.

"죽다가 살아난 기분이 이런 걸까요?"

발렌의 말에 제이프가 피식 웃었다. 웃지 못할 농담이라서 박장대소까지는 못하지만, 먼 훗날 이걸로 웃으며 떠들 수 있지 않을까 생각한다.

* * *

오랜만에 외출을 나온 발렌은 평소보다 수도의 분위기가 좋지 않다는 것을 느꼈다.

소식을 들어 보니 황실에서 누군가 갑작스럽게 급사했다는 모양이었다.

"그래서 그런가? 경계가 엄청 삼엄하네."

황실에 좋지 않은 일이 생길 때는 꼭 경계가 삼엄해진다. 그리고 분위기 자체도 많이 어두운 느낌이었다.

발렌은 죽은 이에게 애도를 표하며 다시 마탑 도서관으로 향했다.

도서관에 도착하니 제이프가 먼저 말을 건네 왔다.

"너 그거 들었냐?"

"황실 사람이 급사한 거요? 예, 오늘 장을 보면서 들었습니다. 분위기가 엄청 어두워졌더라고요."

이미 소문이 날대로 난 상황.

딱히 비밀도 아닌 것 같아 말을 꺼내는 데 주저함도 없었다.

애초에 도서관 내에 두 명 밖에 없기에 조심할 필요가 없었다. 그래도 분위기상 조용조용 말했다.

"그거 독살이라고 하더라."

"예? 독살이요?"

발렌이 눈을 깜빡거렸다.

"그래. 자신의 일 외에는 전혀 관심 없던 마법사들도 이 대화로 떠들썩하더라. 그런데 더 믿기지 않는 게 있어. 마음의 준비를 단단히 하고 들어라."

"마음의 준비요?"

발렌은 뭘 그런 걸로 마음의 준비를 하냐는 듯 바라보았다.

제이프는 곧 말을 이었다.

"독살 당하신 분이 엘리즈 황녀님이시라고 하더라."

"허억!"

순간 숨이 멎을 뻔한 발렌. 너무 충격적이라 입이 다물어지지 않았다.

그 말에 발렌은 자신의 귀를 의심했다. 엘리즈 황녀가 독살 당하다니?

쉬이 믿을 수 없는 이야기에 그의 입이 떡 벌어졌다.

"그게 무슨 소리십니까? 엘리즈 황녀님이 독살 당하시다니?!"

"나도 연유를 모른다. 황실에서 황위 계승권을 놓고 암투를 벌이는 건 예삿일일지 모르나, 엘리즈 황녀님은 황권을 포기하신 분이시라 모두 충격적이라는 반응이더구나."

아직 황제가 황태자를 정하지 않아 현재 황태자 자리를 놓고 엄청난 암투가 벌어지고 있다는 것은 수도에 사는 사람들은 다 아는 사실이다.

이것은 바올라 제국을 처음 세운 세인브리트 폰 바올라의 유언이었다.

황제는 능력이 있는 자들을 뽑으라고.

그 유언을 받들어 지금까지 황제들은 장남, 차남뿐만 아니라 황녀들까지 능력 있는 자들을 뽑았다.

처음에는 긍정적인 결과를 내었기에 다들 황제의 결정에 묵묵히 따랐지만 지금은 아니다.

고인 물은 썩기 마련이다.

황자와 황녀들은 자신들의 능력을 알리는 것보다 황제에게 잘 보이는 것이 우선이었고, 잘 보이지 못한 경우에도 암투에서 승리만 하면 됐다.

정적들의 입만 다물게 하면 황제의 자리를 얻을 수 있으니까.

그 때문에 황자, 황녀를 가리지 않고 암투는 매번 있는 일이기도 했다.

바올라 제국은 여제(女帝)도 꽤 많은 축에 속했다. 그러나 엘리즈는 암투에 낄 만한 사람도 아니었고, 그럴 생각도 없어 보였다.

거기다 그녀는 세인브리트 마탑 소속의 마법사가 되겠다며 황권을 스스로 포기하겠다고 공식으로 선언했다.

"뒤가 구리네요."

분명 암투로 희생된 것이라고 발렌은 생각했다.

바올라 제국뿐만 아니라 타국에서도 왕권을 포기한다고 해 놓고 조용히 일을 획책해 모든 정적을 죽이고 왕좌에 오른 이들이 있으니까.

"여기는 허가받은 이가 아니면 들어올 수 없습니다!"

밖이 요란스러웠다. 문이 살짝 열렸는지 외부의 소리가 크게 들려왔다.

경계병이 소리치는 소리와 함께 곧 도서관 입구가 부서질 듯 요란하게 열렸다.

입구를 연 이는 근위 기사들이었다. 발렌과 제이프의 시선이 입구로 향했다.

"당장 저자를 포박하라!"

"옛!"

근위 기사들이 우르르 몰려와 무기로 위협하며 주위를 포위했다.

발렌과 제이프가 깜짝 놀라 양손을 들었다.

"무, 무슨 일인데 그러세요? 제가 무슨 잘못을 했다고?"

당황스러운 건 제이프도 마찬가지였다.

"갑자기 들이닥쳐서 무슨 짓입니까!"

"네놈은 알 것 없다. 발렌시아가 네놈이냐."

근위 기사의 말에 제이프의 시선이 발렌에게 향했다. 발렌은 자신을 왜 부르냐는 듯 손을 더 높이 들었다.

"제가 발렌시아입니다만……."

"당장 이놈을 잡아가라!"

근위 기사들이 일제히 발렌에게 몰려오며 무력으로 그를 묶기 시작했다.

발렌은 별다른 저항도 하지 못한 채 근위 기사들이 이끈 대로 바닥에 엎어졌다.

"악! 악! 도대체 왜 이러시는 겁니까?!"

로프가 풀리지 않게 단단히 묶는 근위 기사들.

제이프가 그들을 말리기 위해 나섰다.

"발렌이 무슨 잘못을 했다고 그러는 겁니까!"

"편을 들어 주겠다면 네놈도 같이 잡아가겠다."

근위 기사가 위협적인 눈으로 칼을 들이밀며 제이프를 노려보았다. 강한 살기에 숨이 막힌 제이프가 뒤로 주춤 물러났다.

"아니, 제가 뭔 죄를 지었기에 이러시는 겁니까? 뭔지 좀 알려 주고 잡아가세요!"

설마 엘리즈에게 반말을 했다고 이러는 건가 싶었다.

엘리즈의 정체를 모른 상태에서 그런 것이고, 그녀도 그냥 넘어가 주었다.

이렇게까지 할 이유가 없어 보였다. 때마침 로프로 발렌의 몸을 다 묶은 근위 기사들이 우악스러운 손길로 그를 힘껏 일으켜 세웠다.

단장으로 보이는 이는 로프가 단단히 묶인 것을 확인하며 그의 죄목을 말해 주었다.

"발렌시아. 네놈을 제2 황녀님을 독살한 죄로 체포하겠다."

생각지도 못한 폭탄 발언에 발렌과 제이프의 동공이 흔들렸다.

* * *

엘리즈가 독살 당했다는 소식은 들었지만 그 용의자로 자신이 지목당하니 그녀를 한 번밖에 본 적 없는 그의 입장에서는 억울할 수밖에 없었다.

"전 그저 황녀님과 차를 마셨을 뿐입니다……."

발렌은 꼴이 이만저만이 아니었다. 그가 있는 곳은 수많은 고문 도구들로 넘쳐났고, 그가 앉은 곳은 핏자국으로 흥건했다.

 모두 발렌의 피였다.

 옆에는 그 어떤 모진 고문도 버틸 수 있게 사제들이 대기 중이었다.

 치료하고, 고문하고, 치료하고, 고문하고를 몇 번이나 반복했는지 모르겠다.

 갈색이던 그의 머리칼에 피가 잔뜩 묻어 갈색인지 빨간색인지 알 수 없을 정도다.

 "그래, 바로 네 녀석과 마신 그 차로 인해 황녀님께서 돌아가셨다. 황녀님께서 마탑 내에서 차를 마신 건 단 두 번. 접객실과 도서관에서 마신 것이 전부다. 그중 아무도 없을 때 단둘이 차를 마신 것은 그때뿐이지 않나?"

 "그건 억측에 불과하지 않습니까……."

 차를 마셨다고 이렇게 되는 건 말이 되지 않는다.

 "이놈이 계속 입을 다물고 있구나. 정신 차릴 수 있도록 고문의 강도를 더 높여 주지."

 잠깐의 휴식도 없었다. 이러다 정말 죽겠구나 싶을 정도로 고통스러웠다. 그래도 발렌은 이를 꽉 깨물었다.

 여기서 자신이 했고, 누군가의 사주를 받았다고 하면 고문은 멈출지도 모른다. 그러나 그것은 누군가가 자신에게 죄를 덮어씌우려고 하는 일이다.

진범이 있는데, 억울하게 죄를 뒤집어쓰고 죽을 수는 없다고 생각하는 그 순간이었다.

"잠깐 형을 멈춰라."

고문실 안으로 한 명의 중년 남성과 두 명의 청년이 들어왔다.

발렌은 눈동자를 움직여 누군지 확인했다. 고문관들이 그들을 보고 바짝 엎드렸다.

"화, 황제 폐하!"

다른 누구도 아닌 황제. 입은 옷이나 머리에 왕관을 쓴 것을 보고 대충 짐작했으나 발렌은 엎드리거나 할 여유가 없었다.

그는 엘리즈와 똑같은 금발에 에메랄드빛 눈동자였다. 그 뒤에 있는 황자들도 마찬가지였다. 황제가 발렌의 턱을 들었다.

"네놈이로구나. 네놈이 내 어린 자식을 독살해? 누구의 사주를 받고 이런 짓을 한 것이냐. 당장 말하지 못할까!"

어린 자식이 엘리즈 황녀를 일컫는 말이라는 걸 추측하는 건 어렵지 않았다.

"황제 폐하. 억울합니다. 전 정말 억울합니다. 제발 제게 이러지 말아 주십시오. 전 일개 사서입니다. 엘리즈 황녀님과 만난 건 어제가 처음이었습니다. 제발 믿어 주십시오."

그렇게 호소했지만 돌아온 것은 따귀였다. 따귀를 날린 것은 황제가 아니라 그 옆에 있던 제1 황자였다.

발렌의 목이 옆으로 크게 돌아갔다. 그의 입에서 피가 섞여 나왔다. 제1 황자가 그를 향해 소리쳤다.

"감히 네놈이 황실을 능멸하고 살아남을 수 있을 것이라 생각하였더냐! 당장 바른대로 말하지 못할까! 사주한 놈이 누구더냐!"

"정말 저는 아닙니다! 제발 믿어 주십시오! 저는 어제 도서관에 오신 엘리즈 황녀님을 처음 뵈었습니나. 엘리즈 황녀님께서 마탑의 로브를 입고 계셔서 엘리즈 황녀님이신 줄도 몰랐습니다. 그런 제가 어찌 엘리즈 황녀님을 독살하겠습니까!"

발렌이 자신은 억울하고, 누명을 쓴 것이라고 항변했지만, 황제의 표정은 누그러지지 않았다.

"형님. 아바마마. 아무리 봐도 이 자는 진범이 아닌 것 같……."

"아루스, 넌 입 다물고 있거라!"

"……."

고압적인 외침. 이는 황제가 소리친 것이었다. 힘이 실린 목소리에 아루스 황자가 입을 다물었다.

발렌은 몸을 크게 움찔거렸다. 황제의 노성이 두려운 까닭이었다. 아루스는 화를 내는 모습의 황제를 본 적이 없었다. 이토록 노성을 터트릴 정도면 머리끝까지 화가 났다는 것이리라.

그가 한 발자국 뒤로 물러서며 자신을 바라보았다. 발렌은 자신이 죄가 없고 억울하게 잡혀 들어왔다는 것을 알아줄지도 모른다고 기대했다. 그러나 지금 상황에서 아루스가 그의 편을 들어줄 수도 없는 노릇이었다.

"가벨. 네게 증거가 있다고 했느냐?"

"예, 아바마마. 도서관에 있는 찻잔을 검사해 본 결과 은스푼이 검게 변색되었습니다. 시종들과 근위 기사들에게 엘리즈가 마신 찻잔이라는 확인까지 끝마쳤습니다."

가벨은 황제에게 은스푼과 찻잔을 보여 주었다. 찻잔의 모양을 보니 자신이 홍차를 타온 것이 맞았다.

"이래도 발뺌할 속셈이더냐? 반면에 네놈의 찻잔에서는 아무런 반응도 나타나지 않았다. 마지막 기회다. 누가 사주를 한 것인지 말하라!"

"정말입니다. 정말 전 억울합니다! 황제 폐하, 제발. 제발 살려 주십시오!"

그의 처절한 외침에도, 황제는 완전히 귀를 닫은 상태였다. 금지옥엽 키운 엘리즈를 하룻밤 만에 잃은 충격이 너무나 컸다.

그 아름답던 아이가 검게 피부가 죽고, 고통에 찬 얼굴로 피로 물든 방에서 죽어 있던 모습을 어떻게 잊겠는가.

"마지막으로 남길 말이 있느냐?"

"화, 황제 폐하. 제발 살려 주십시오. 억울합니다. 정말 전 억울합니다! 제가 아닙니다! 전 그저 일개 사서일 뿐입니다!! 제발 믿어 주십시오. 처음 뵌 황녀님을 제가 독살할 이유가 없지 않습니까!"

고문으로 잔뜩 지친 상태임에도 그는 고래고래 소리를 질렀다. 눈물 콧물까지 흘리며 처절하게 결백을 주장하는 발렌.

그러나 황제는 분노로 이글거리는 눈으로 그를 바라보며 높이 들었던 손을 떨어뜨렸다.

그 작은 행동에 발렌의 심장이 철렁 내려앉았다. 경계병들이 그를 끌고 나갔다. 발렌이 자신은 아니라고 고래고래 소리쳤지만, 황제는 완전히 귀를 닫았다. 황제는 가벨의 어깨에 손을 얹었다.

"가벨. 넌 어떻게 하는 게 좋을 것이라 생각하느냐?"

"지금까지 이렇게까지 고문을 했는데 바른 말을 하지 않는 것을 보면 훈련된 자로 보입니다. 더 고문을 한다고 해도 소용이 없겠지요. 게다가 일개 평민 출신이 세인브리트 마탑에 들어간 것도 모종의 세력이 이를 위해 적극 밀어 주었다는 것밖에는 할 말이 없습니다. 그럴 바에야 차라리 그를 사형시키는 것이 가장 뒤탈이 없을 것 같습니다. 황실에 도전하면 그 누구도 살아남을 수 없다는 것을 상기시키면 이 일도 미연에 방지할 수 있지 않겠습니까?"

"형님, 그건……!"

아루스가 말리려고 했지만, 황제가 먼저 그의 의견에 찬성하고 나섰다.

"지금 당장 저 대역 죄인의 형을 네가 직접 집행시켜라. 황실을 향해 도전장을 내미는 자는 누구든 즉각 이렇게 된다는 것을 보여 주거라."

"아바마마!"

"분부를 받들겠습니다, 황제 폐하."

황제가 믿겠다는 듯 고개를 주억이며 가벨과 함께 밖으로 나갔다. 아루스는 인상을 찡그리며 그 모습을 바라보았다. 엘리즈를 잃은 충격이 얼마나 큰 것인지, 그는 제대로 진범을 파악할 생각을 하지 못하고 있었다. 평소의 황제였다면 절대로 하지 않았을 행동이었다. 그러나 아루스는 나서지 못했다. 황제의 분노가 너무 심한 까닭에 귀를 완전히 닫아 충언을 해도 전혀 듣지 않을 게 뻔하기 때문이다. 아루스가 안타까운 시선으로 방금 전까지 발렌이 앉아 있던 자리를 바라보았다.

　　　　　　　＊　　　＊　　　＊

 황제의 명령으로 인해 형 집행은 일사천리로 진행되었다. 중앙 광장에 순식간에 설치된 처형대에 발렌이 두려운 눈으로 올랐다.
 '마, 말도 안 돼. 이게 뭐야. 도대체 뭐냐고!'
 발렌의 머리가 복잡해졌다. 자신에게 불리하다고 하더라도 형식적인 재판도 열리지 않고, 사형일도 정해지지 않은 채 바로 처형이라니.
 대역 죄인들에게 처해지는 극형인 경우에나 이렇게 진행되었다. 역사서에서도 반란을 일으켜 바올라 제국을 무너뜨리려고 했던 주동자가 사로잡혔을 때나 재판 없이 바로 처형을 집행하였다.
 자신이 반란 주동자와 같은 취급을 받다니. 이게 무슨 황당한 경우인지 발렌은 지금 현실이 믿기지 않았다.
 중앙 광장은 어느새 사람들로 북적거리고 있었다. 귀족, 평민 할 것 없이 모든 이들의 시선이 그에게 집중되었다. 충분히 사람들이 모이자 가벨이 형장에 올라왔다.

"황제 폐하의 명에 따라 제1 황자인 가벨 폰 바올라인 내가 직접 형을 집행할 것이다!"

가벨이 칼을 뽑아 들었다. 그가 칼을 뽑아 들자 칼이 햇빛에 반사되어 반짝거렸다.

"이자의 이름은 발렌시아. 남바른 공작가 영지의 아올란 마을 출신의 평민으로, 현재는 세인브리트 마탑의 도서관 사서이다. 이자는 어제 내 어린 누이인 엘리즈 황녀와 담소를 나누며 찻잔에 몰래 독을 탔다. 이로 인해 엘리즈 황녀가 독에 중독, 오늘 새벽 피를 토하며……."

가벨은 말을 잇지 못했다. 울컥한 모양인지, 발렌을 한 번 노려보았다. 그와 눈이 마주쳤다.

그의 눈에는 눈물이 맺혀 있었다. 울고 싶은 건 자신이라고 말하고 싶었지만, 고문으로 인해 기진맥진한 상태라 말하기도 힘들었다. 그의 모습을 보고 관중들이 울컥하며 소리쳤다.

"저 대역 죄인을 당장 죽여라!"

"죽여라!"

관중들이 그 모습을 보고 일제히 역정을 내며 돌멩이를 집어 발렌에게 던졌다.

발렌에게 돌멩이 하나가 날아왔다. 이마가 찢어졌는지 피가 흐르기 시작했다. 기사들이 나서서 관중들을 막아서야 간신히 진정되었다.

"죄인은 마지막으로 할 말이 있는가!"

"억울합니다. 전 정말 억울합니다. 제가 한 일이 아닙니다. 믿어 주십시오!"

마지막으로 힘을 짜내어 소리를 지른다. 그러나 가벨은 단호했다.

"형을 집행하라."

가벨의 말에 참수자가 다가와 그의 목에 칼을 겨눴다. 덜컥, 발렌의 심장이 심하게 요동치기 시작했다. 제발 이러지 말라고.

억울하다고 고래고래 소리쳐 보고 있지만, 참수자의 검은 점점 하늘로 향한다. 그리고 가차 없이 목을 내리쳤다.

그의 시야가 어지러워지는 그 순간이었다.

엘리즈 황녀를 독살한 자객을 찾아라.

알 수 없는 목소리가 머릿속에서 울려 퍼지는 것과 함께 곧 그의 의식이 어둠에 삼켜졌다.

*   *   *

덜컹!

"으아악!"

발렌이 비명을 지르며 엎어졌다. 그가 땀을 뻘뻘 흘리며 자신의 목을 매만졌다. 목은 멀쩡히 붙어 있다.

'뭐, 뭐지?'

발렌은 자신의 몸을 살폈다. 고문으로 인해 멍들거나 화상을 입거나, 그 외 잡다한 상처가 전혀 보이지 않았다. 그는 주위를 둘러보았다. 이곳은 자신이 근무하는 도서관이었다.

중앙 광장에서 공개 처형을 당한 자신이 왜 이곳에 있다는 말인가?

혹시 한이 맺혀 유령이 되어 도서관에 들어온 건가 싶었지만, 그는 분명 숨을 쉬고 몸도 있다.

"그렇다는 말은 유령이 된 건 아니라는 소리인데……."

그때 도서관 가득 큰 소리가 들렸다.

"발렌, 뭘 그렇게 중얼거려! 아직 해야 할 일이 넘치고 넘쳤다고!"

제이프의 목소리였다. 발렌이 깜짝 놀라 자리에서 벌떡 일어나려다가 미끄러지며 다시 엉덩방아를 찧었다. 그는 문득 손이 차갑다는 걸 느꼈다. 자세히 보니 주변에 물이 흥건했다.

그 옆에는 양동이가 엎어져 바닥을 적시고 있었다. 제이프가 넘어지는 소리에 다가오더니 그를 보고 의아한 눈으로 바라보았다.

"왜 그렇게 파랗게 질렸냐? 어디 아픈 거냐?"

제이프가 걱정스러운 듯 그의 안색을 살폈다. 그의 얼굴빛이 파랗게 질려 혹시 병이라도 걸린 게 아닌가 걱정하고 있는 것이다.

잠시 그의 몸 상태를 살피던 제이프는 고개를 갸웃거렸다.

"아까까지 멀쩡했던 놈이 갑자기 왜 이러지? 병이 난 것은 아닌 것 같은데……."

"과, 관장님. 이게 도대체 어떻게 된 일이죠? 제가 왜 여기에 있는 거예요?"

"뭐가 말이냐? 네가 여기 있는 게 뭐 잘못되기라도 했냐?"

제이프는 오히려 되물었다. 답답한 마음에 발렌이 자신이 겪은 일들을 말해 주기 시작했다.

엘리즈 황녀와 잡담을 나눴고, 그녀가 간밤에 독살을 당해 자신이 누명을 쓰고 중앙 광장에서 공개 처형을 당했다는 내용을 말이다.

한동안 그의 얘기를 듣던 제이프가 그 말에 웃었다.

"허허, 우리 발렌이 꿈을 꾼 모양이로구나."

"……예?"

"이 녀석, 대청소해야 된다고 물 떠오라고 했는데 왜 이리 안 오나 했다. 일이 많아서 피곤했던 것은 이해한다만 몰래 잠을 자다니. 간이 배 밖으로 튀어나왔어."

제이프가 주먹으로 그의 머리를 한 대 쥐어박았다. 엄청난 고통이 그를 덮쳤다.

이 고통은 분명 이 상황이 꿈이 아닌 현실임을 다시 한 번 자각하게 해 주었다.

"이놈아, 엘리즈 황녀님은 내일 오시기로 했는데 그게 어디 가당키나 한 소리라고 생각 하냐?"

그 말에, 발렌의 머리가 복잡해졌다. 제이프는 그에게 걸레를 던져 주었다.

"하기 싫은 건 이해하지만 그래도 농땡이 피울 생각하지 말고 얼른 청소나 해."

*   *   *

"말도 안 돼."

대청소를 마치고서 제이프가 퇴근을 하고, 발렌은 도서관에 혼자 남게 되었다.

그는 청소를 하는 내내, 그리고 지금도 머리가 복잡했다. 그는 머리를 식히려는 듯 도서관 밖에서 턱에 손을 얹고 같은 곳을 맴돌았다.

분명 자신은 죽었다. 밧줄에 단단히 묶여 고문실로 끌려가 받은 감당하기 힘들었던 고문, 황제와 황자의 분노, 그리고 형장에서 받은 관중들의 맹비난. 아무리 꿈이라지만 너무도 생생했다.

'그런데 전부 꿈이라고?'

이렇게 생생한 꿈을 꿀 수 있다고? 설사 정말 자신도 모르는 사이 잠들었다고 하더라도 단시간 만에 그렇게 긴 꿈을?

그러나 제이프의 말대로라면 오늘은 엘리즈 황녀가 오기 전날이었다. 갑자기 대청소가 정해진 날. 아무리 생각해도 그는 이때 졸거나 한 기억이 없었다.

그러니 그게 꿈이 아니고서야 자신이 살아 있을 이유가 없었다. 최근에 잠을 너무 적게 자서 피로가 누적된 것이 아닌가 하는 생각도 들었다.

"아냐. 그게 꿈일 리가 없어."

그럴 리가 없다고 그는 단정 지었다. 이렇게 현실과 꿈을 착각할 정도로 생생한 꿈이 어디 있단 말인가.

거기다 고문을 당했을 때 느꼈던 그 현실적인 고통은 잊으려야 잊을 수 없다.

그 고통은 여전히 생생하다. 지금까지도 각인이 된 듯 육체 곳곳이 욱신거리는 것만 같았다.

'내게 무슨 일이 벌어진 건가?'

뭔가 크게 잘못되었다는 것을 충분히 인지할 수 있었다.

분명 이리 된 이유에는 원인이 있을 터였다.

'왜 일이 이렇게 되었을까?'

고민을 하다가 곧 보나바르의 마법서를 떠올리게 되었다. 이렇게 된 것에 가장 가능성이 있는 것은 보나바르의 마법서 외에 없을 것 같다는 생각이 든 것이다.

"설마 정말로 그 책 때문에?"

발렌은 서둘러 낡은 책장으로 갔다. 만약 그 책을 펼치는 순간 빛에 감싸인 뒤 잠들었던 게 꿈이 아니라면 분명 이 뒤에는 작은 서랍이 있을 것이다.

책장 한 쪽에는 몬스터 도감이 있었다. 손때 묻지 않은 유일한 책. 그가 몬스터 도감을 꺼내 보니……

철컥!

"……"

뭔가 잠금장치가 풀리는 것과 비슷한 소리가 그의 귀에 조용히 닿았다.

발렌이 조심스럽게 다른 책들을 꺼내자 책 뒤쪽에 숨겨

진 서랍을 볼 수 있었다. 발렌은 입을 떡 벌렸다.

서랍 손잡이에 손을 뻗었다. 정말로 있었다. 그 일이 절대 꿈이 아니었다는 걸 증명한 것이다. 그가 떨리는 손으로 서랍을 열어 보았다. 그러나 그 안에는 책이 없고, 웬 쪽지와 완드가 들어 있었다. 그가 쪽지를 폈다.

그대가 이 쪽지를 발견했다면 나의 책을 읽은 후이리라 생각한다. 난 그대가 누군지 모른다. 하나 이것을 보았다면 분명 죽는 날까지 나를 원망하겠지. 자네는 이미 죽거나, 어느 기점에서 잠든 뒤 특정한 날로 다시 되놀아오는 경험을 했을 것이다. 그리고 원인을 찾다가 다시 이곳으로 발을 디뎠겠지.

황제 폐하께서 훗날 바올라 제국이 위험에 처할 때 한 번의 기회가 더 주어지기를 바란다고 유언을 남기셨다. 난 황제 폐하의 친우이자 신하로서 그 명령을 이행하여 이 리셋 마법을 만들어 냈지.

이 쪽지를 아무도 보지 않기를 바라지만, 이것을 봤다는 것은 망국까지 얼마 남지 않았다는 것이겠지.

나라가 망하는 것에는 여러 가지 이유가 있을

것이다. 이 마법은 그것을 사전에 방지하고, 예방하기 위해 만들어 낸 마법이다.

마법서를 보았다면 분명 내 전언은 읽었겠지? 이름 모를 그대에게 이 보나바르 디 에디소프의 이름을 걸고 맹세한다. 그대는 나와 같은 영광을 누리고, 역사에 이름을 길이 남길 업적을 만들어 낼 것이다. 그대가 누군지 모르지만 이는 분명히 엄청난 축복이겠지.

이름 모를 그대에게 걸린 그 마법은 리셋 마법이다. 그대는 지금 특정한 날을 넘어갈 수 없을 것이다.

특정한 날의 다음 날로 갈 유일한 길은 단 하나, 임무를 완수하는 것이다. 임무를 완수할 때까지 그 마법은 그대를 평생 따라다니게 될 것이다.

그런 그대에게 내가 자그마한 선물을 준비했다. 그 완드를 유용하게 쓸 수 있기를 바란다.

발렌은 보나바르가 자그마한 선물이라 말한 완드를 들어 보았다. 작은 나뭇가지라고 생각했는데, 알고 보니 마법사들이 사용하는 완드라는 것인 모양이다.

이름 모를 그대에게 부탁한다. 제국이 망국의
길을 걷지 않도록 그대가 힘을 써 주기를 바란다.
 억지이고, 떠넘기는 것임을 잘 안다. 하나, 나라
의 제국민으로서 나라의 안녕을 위해 그 한 몸 바
치기를 바란다.

"이게 뭐야……."
쪽지의 내용은 그것이 끝이었다. 발렌이 기가 막힌 표정
으로 책장에 등을 기댄 채 바닥에 주저앉았다. 그의 손아귀
에 있는 쪽지가 구겨졌다.
"결국 다 나한테 떠넘기겠다는 거잖아."
이 내용대로라면 죽어도 다시 시간이 돌아가고, 특정한
날을 넘어갈 수 없다는 것이다.
결국 같은 나날을 반복하면서 미래를 바꾸라는 것이다.
이게 어디 말이 되는 소리라는 말인가.
그의 쪽지 내용을 보건대, 임무를 완수하지 못하면 죽는
한이 있더라도 절대 넘어갈 수 없다는 말이었다.
"하하. 설마 내가 존경해 마지않던 천 년 전 위인이 내게
이런 큰 시련을 주다니. 인생은 살고 볼 일이야."
그렇게 실소를 하던 발렌. 그러다 갑자기 자리에서 벌떡
일어나 쪽지를 바닥에 내던졌다.

"웃기지 마!"

발렌이 손에 들고 있던 쪽지를 갈기갈기 찢더니 바닥에 내던졌다. 도서관이 지저분해지든 말든 전혀 신경 쓰지 않았다.

"젠장. 사람을 놀리는 것도 정도가 있지. 농담도 정도껏 하라고. 빌어먹을! 이게 어딜 봐서 축복이야!"

세상에 이게 축복이라고 말할 수 있는 자가 누가 있다는 말인가! 마법의 '마' 자도 모르는 발렌이 보기에도 이것은 강력한 저주였다.

강제성이 따르는 것부터가 그러했다. 존경해 마지않던 천 년 전 대영웅을 원망하는 날이 올 줄은 꿈에서도 상상하지 못한 일이다.

지금 그는 보나바르가 남긴 책들을 전부 한 곳에 모아서 소각하고 싶은 심정이었다. 그러나 아무리 원망해도 현실은 변하지 않는다.

보나바르의 강력한 억제력에 걸리고 말았다. 마법을 아예 모르는 그가 이 저주를 해제할 수 있을까?

아니다. 그는 절대로 해제할 수 없다. 아니, 어쩌면 대륙의 그 어떤 마법사가 오더라도 마찬가지일 것이다.

보나바르는 대륙 역사상 가장 강력한 아크 위저드이다.

500년 전 멸종한 드래곤을 혼자서 처치했다는 기록도 있었다. 드래곤이 멸종해서 얼마나 강력한지 모르지만 드래곤 한 마리가 나라 하나를 멸망시켰을 정도였다고 하니 그 힘이 얼마나 대단한지는 안 봐도 뻔하다.

그런 그가 마나의 대부분을 바쳐서 만든 마법이다. 그가 당장 마법사가 된다고 해도 절대로 풀 수 없을 것이다.

결국 그가 할 수 있는 건 단 하나밖에 없었다.

마음에 들지 않지만 빌어먹을 운명에서 벗어나기 위해 발악해야 하는 것이었다.

"젠장. 그리고 완드라니. 난 마법의 마 자도 모르는 사람이라고. 이걸 어떻게 써먹으라는 거야!"

마법을 쓰지 못하는 이에게 완드는 그저 평범한 나뭇가지에 불과할 뿐이다.

* * *

그렇게 이틀날을 거의 뜬 눈으로 지새운 발렌의 눈 밑이 검게 물들어 있었다.

퀭한 눈으로 밝은 하늘을 바라보던 그는 자리를 털고 일어났다.

억지로 자려고 했지만, 쉬이 잠들지 못했다.

어깨에 무거운 짐이 얹어진 기분이다. 하고 싶지 않은 일을 해야 한다니.

이런 중대한 일은 자신과 전혀 맞지 않았다.

'독살을 하려는 녀석이 누군지 찾아야 해.'

죽기 전 머릿속에 들려온 그 목소리. 분명 그 목소리가 말한 것이 자신에게 주어진 과제라는 것을 어렵잖게 알 수 있었다.

해결할 수 없을지도 모른다는 생각이 들었다. 그러나 그는 이것을 어떻게 해서든 해결해야 했다.

한 가지 확실한 건 자신이 보지 못한 모든 경우의 수를 직접 눈으로 확인해야 한다는 것이다.

잠을 자느라 해가 중천일 때 일어났던 발렌.

분명 그 과정에서 누군가가 그녀에게 독을 탔을 것이라고 추측했다.

'하지만 찻잔에서 독이 나왔다고 했는데……'

어떻게 찻잔에 독을 탈 수 있다는 말인가. 아무리 생각해도 모를 일이다.

단둘밖에 없는 상황에서 독을 탈 수 있을 만큼 은밀한 사람이 잠입해 오기라도 했다는 말인가?

'아니, 제아무리 뛰어난 자라고 해도 세인브리트 마탑 자체에 잠입하기는 힘들다.'

침입자에 대한 경비는 확실하다. 경계병들이 깔려 있는

것도 있지만, 마탑 내부에는 수많은 마법들이 설치되어 있기 때문이다.

허가받지 않은 자들이 침입하려고 하면 시끄럽게 비상 알람 마법이 울려 댈 것이다.

'그렇다는 말은 같이 온 황실 사람들 중 있다는 소리인가?'

그것이 가장 현실적이다. 마법이 발동되지 않은 것을 보면 가장 유력하다고 볼 수 있었다.

또한 황실에서 사람이 온다고 수색을 하지 않았을 가능성도 컸다.

여기까지는 쉽게 생각할 수 있는 문제다. 그러나 어떻게 해서 그녀가 독을 먹었는지, 왜 자신의 찻잔에 독이 없는지에 대한 의문은 남을 수밖에 없었다.

'일단 확인하는 수밖에 없겠어.'

방법은 확인하는 것. 어차피 계속 반복되는 일상이라면 이것을 적극 이용하면 될 일이었다. 그리고 그는······.

"형을······."

서걱!

"발렌, 뭘 그렇게 중얼거려!"

"집행······."

서걱!

"아직 해야 할 일이……."

"……하라!"

서걱!

"넘치고 넘쳤다고!"

몇 번이고 죽음을 맞이한다.

* * *

엘리즈가 마탑에 도착했다. 그녀는 입구에서부터 도열한 경계병과 마법사들을 보았다. 그리고 그 끝에는 탑주가 있었다.

탑주와 엘리즈가 만나 다정하게 인사를 나눴다. 잠시 잡담을 나누던 탑주는 손짓하며 말했다.

"제가 안내해 드리겠습니다. 겸사겸사 황녀님께서 지내실 방도 미리 안내해 드리면 좋겠군요."

"아뇨, 괜찮아요. 그저 잠시 둘러보려고 하는 것뿐인걸요. 그리고 탑주님께서는 늘 마법에 대해 연구하시느라 바쁘시잖아요."

"허허허, 저를 배려해 주시는 겁니까? 그렇다면 제가 사람 한 명을 붙여 드리겠습니다. 발렌시아."

"예, 탑주님."

탑주의 뒤에 서 있던 발렌이 앞으로 나왔다. 앞에 도열하기 위해 잠시 나왔다가 때마침 마법사들 외의 적합한 안내인을 찾던 탑주에게 붙잡힌 것이다.

발렌은 탑주에게 엘리즈 황녀님을 잘 모시라는 무언의 압박을 받았지만, 그의 얼굴은 미소로 가득했다. 긴장할 법도 한데 전혀 긴장한 티도 내지 않고 그가 정중히 인사했다.

"반갑습니다, 엘리즈 황녀님. 제 이름은 발렌시아라고 합니다. 세인브리트 마탑 도서관의 사서입니다."

세인브리트 마탑 도서관의 사서라고 하자 엘리즈의 표정이 밝아졌다.

그녀가 이곳에 온 가장 큰 목적이 도서관 관람이기 때문이다.

"반가워요. 설마 도서관의 사서가 제 안내인을 해 주실 줄은 몰랐네요."

"하하, 저도 마찬가지입니다. 이곳에서 생활하실 때 길을 헤매실 수도 있으니 미리 안내해 드리겠습니다."

황성만큼은 아니라고 하더라도 넓은 곳이기에 마탑에 처음 온 사람들은 헤매기 일쑤다.

엘리즈도 자신의 오라버니들에게 들은 것이 있기에 감사하다고 생각하며 그가 신기한 사람이라고 생각했다.

평민 출신으로 보이는데, 황녀인 자신의 앞에서 긴장하지 않는 모습은 상당히 이색적으로 느껴질 정도다.
"그럼 전 이만 물러가겠습니다, 황녀님."
"예, 탑주님."
정중히 인사하고, 탑주는 곧 마탑 안으로 들어갔다.
마법사들도 탑주가 들어가자 뒤도 돌아보지 않고 바로 안으로 들어간다. 이 모습을 보고 아니꼽게 보는 기사들.
"자, 그럼 제가 안내해 드리겠습니다. 따라오시지요."
엘리즈는 덤덤히 마법사들을 바라보다가 곧 발렌에게 시선을 맞췄다.
"예, 부탁드립니다."
엘리즈가 발렌의 안내를 받아 마탑 안으로 들어왔다.
'자, 한 번 제대로 시작해 볼까?'
그녀의 목숨을 노리는 자가 누군지 지금부터 시작이다.
그의 눈빛이 빛나기 시작했다.

Chapter 04
발악

<세인브리트 마탑 도서관>
완공일: 아이벤 대륙력 3214년 9월 14일
위치: 세인브리트 마탑 후문

 바올라 제국과 무구한 역사를 함께한 세인브리트 마탑의 도서관. 그 넓고 방대한 도서관에는 황실 도서관 다음으로 많은 책이 보관되어 있다고 알려져 있다.

 세인브리트 마탑 도서관의 책들은 마탑 소속의 직원들도 자유롭게 이용할 수 있으나, 마법서는 오직 세인브리트 마탑 소속의 마법사만 읽을 수 있다고 한다.

전통적으로 보안 유지를 위해 항시 두 명의 사서가 근무를 하고, 경계병과 마법사들이 도서관 앞을 24시간 교대로 철통 경계를 하고 있다고 한다.

도서관 깊은 곳에는 엄청난 마법서들이 봉인되어 있다는 소문도 있다.

―『세인브리트 마탑』 29p 발췌―

* * *

마탑 내부를 조금 안내한 후, 발렌은 엘리즈를 접객실로 안내했다. 접객실에 있던 직원이 홍차를 내왔다.

"여기 홍차 정말 맛있네요."

"탑에 오는 손님들을 대접하기 위해 좋은 찻잎을 쓴 것도 있겠지만, 유나프 씨가 차를 잘 타는 덕이겠지요."

접객실 직원인 유나프가 발렌의 말에 빙긋 미소를 지어 주더니 필요한 것이 있으면 불러 달라고 하고는 접객실 밖으로 나갔다.

발렌은 홍차를 마시며 맞은편에 앉아 있는 엘리즈에게 미소를 빙긋 그려 주었다. 그러고는 그녀를 면밀히 살폈다. 아니, 정확히는 엘리즈가 아니라 그녀가 들고 있는 찻잔을 바라보고 있었다.

'도대체 독살한 이가 누구지?'

그런 생각을 하고 있을 때였다.

"어머!"

차가 뜨거워 그녀가 입을 데여 놀라 찻잔에서 손을 놓치자, 발렌이 손을 뻗었다. 다행히 그가 재빨리 받아 든 덕분에 차가 그녀에게 쏟아지지 않았다.

"황녀님. 괜찮으십니까?"

그가 조심스럽게 찻잔을 탁자에 내려놓았다. 엘리즈가 고개를 주억였다.

"예, 선 괜찮아요."

발렌이 주머니에서 손수건을 꺼내려고 하자, 시종이 먼저 그녀의 입 주위를 닦아 주었다.

"조심하셨어야죠, 황녀님. 하마터면 큰일 날 뻔했습니다."

"그러게 말이야. 발렌시아 사서, 정말 고마워요."

"아뇨, 다치지 않아 천만다행입니다."

빙긋. 또 미소를 짓는 발렌. 아주 잠깐 접객실에서 휴식을 하다가 발렌이 물었다.

"황녀님. 더 둘러보고 싶은 곳이 있으십니까?"

"도서관을 구경해도 괜찮을까요?"

"예, 물론입니다. 바로 안내해 드리겠습니다."

그의 말에 엘리즈의 얼굴에 화색이 짙어졌다. 말하지는 않았지만 마탑 내부를 구경하는 내내 도서관에 가고 싶은 내색을 감추지 못했다. 발렌이 일어서자, 엘리즈도 그를 뒤따라 그렇게 고대하던 세인브리트 마탑 도서관에 발을 디딜 수 있었다.

도서관에 들어온 엘리즈는 도서관에서 나는 특유의 냄새에 행복한 표정을 지으며 도서관을 우선적으로 구경했다. 근위 기사들과 시종들은 도서관 외부에서 대기했다. 엘리즈가 조용히 책을 읽고 싶다고 했기 때문이다.

세인브리트 마탑 도서관은 바올라 제국과 함께한 역사만큼 방대한 양의 책들이 책꽂이에 잔뜩 꽂혀 있었다. 게다가 황성에서는 보지 못한 책들도 다수 있었다. 수많은 책들을 보며 감탄을 하던 그녀는 행복한 표정을 짓다가 발렌에게 물었다.

"혹시 책 하나 찾아 주실 수 있나요? 베르난 콜먼 작가님의 방랑자……."

"여기 있습니다."

발렌이 책꽂이에 손을 뻗더니 보지도 않고 그녀가 찾던 책을 넘겼다. 엘리즈는 그가 바로 찾아내자 놀랐다.

"이렇게 많은 책들 중 바로 찾으셨네요?"

"사서로 일하니 당연한 일이지요."

아무리 그렇다 해도 너무 빠른 것 같지만, 뭐 어떤가. 좋은 게 좋은 것 아니겠는가. 엘리즈는 그에게서 책을 받아 들고 난감한 표정을 지었다.

"생각보다 두껍네요."

"그럼 다른 책을 추천해 드리겠습니다. 시간이 많지 않으시죠?"

엘리즈는 고개를 주억였다. 그럴 수밖에 없는 것이, 오늘 다시 황성으로 돌아가야 했기 때문이다. 그녀가 찾던 책은 오늘 하루를 잡아도 다 읽지 못할 만큼 두꺼웠다.

"이건 안 읽어 보셨죠?"

발렌은 얇고 간단하게 읽을 수 있는 책을 건네주었다. 엘리즈가 보지 못한 책이었다. 이건 한 시간 정도면 충분히 읽을 만한 책이다. 엘리즈가 책을 받아 들려고 하는데, 발렌이 손에서 책을 놓지 않았다.

"……?"

그가 왜 이러는 것인지 엘리즈가 고개를 갸웃거리며 바라본다. 발렌은 진지한 표정으로 그녀를 바라보았다.

"황녀님께 드릴 말씀이 있습니다."

"예, 말씀하세요."

"오늘 자정이 지나 새벽이 되면 황녀님은 독에 중독되어 사망하실 겁니다."

엘리즈가 그를 바라보았다. 그녀가 고운 이마를 찌푸렸다.

"지금 그 말. 제정신으로 하는 말인가요? 정말 질이 나쁜 농담이라고 말씀드리고 싶군요."

누구나 그 말을 들으면 저주하는 것이라 생각할 것이다. 그러나 발렌은 더없이 진지한 얼굴로 그녀를 바라보고 있었다. 갑작스럽게 분위기가 바뀌자 엘리즈가 침을 꼴깍 삼켰다. 방금까지와 분위기가 상반되었다. 그는 진지한 어조로 입을 열었다.

"사실 이 대화를 하는 건 이번이 처음이 아닙니다."

"무슨 소리죠? 전 그대를 오늘 처음으로……."

"예, 엘리즈 황녀님께서는 기억을 못 하시지요. 믿기지 않겠지만, 전 이미 엘리즈 황녀님을 꽤 많이 만났습니다. 바로 이 날에요. 전 수많은 어제와 오늘 그리고 내일을 반복하며 살았습니다. 그리고 엘리즈 황녀님의 죽음을 수없이 봐 왔습니다."

"무슨 얘기를 하시는 건지 전혀 모르겠어요."

"말씀드려도 믿지 않으실 겁니다."

발렌, 그녀에게 지금까지 자신이 겪은 얘기를 말해준다. 끝없이 반복되는 일상을 계속 보낸 것에 대한 얘기다. 독살과 공개 처형에 대한 얘기는 빼두었다.

"쉽게 믿을 수 없군요."

"쉽게 믿을 수 없군요."

엘리즈와 발렌이 동시에 대답했다. 엘리즈가 인상을 찌푸렸다.

"지금 절 따라하는 건가요?"

"지금 절 따라하는 건가요?"

거의 똑같이 말한 발렌. 그녀가 기사들을 부르려고 하자, 발렌이 먼저 선수를 쳤다.

"마르크 경!"

"······?!"

엘리즈 황녀가 의아한 표정으로 그를 바라보았다. 기사를 부르는 것은 그렇다 치고, 어떻게 기사단장의 이름을 그가 알 수 있다는 말인가. 자리에서 몇 번이나 기사단장의 이름을 부르짖던 발렌이 곧 어깨를 으쓱이며 언제 그랬냐는 듯 차분히 자리에 다시 앉았다.

"황녀님. 마법이란 건 참 신비로운 것 같습니다. 이곳은 방음 처리가 철저하기 때문에 밖까지 소리가 들리지 않지만 신기하게도 외부의 소리는 아주 잘 들리죠. 기사들을 부르시려거든 문을 열고 말하십시오."

그가 얼른 문을 열라는 듯 제스처를 취하자 엘리즈가 자리에서 일어났다가 그를 바라보았다. 여전히 미심쩍은 눈빛이지만, 일단 무슨 의도가 있어 이렇게까지 하는 게 아닌가 생각해 다시 자리에 앉았다.

"좋아요. 당신의 이야기를 믿어 주죠."

"예. 감사합니다, 황녀님. 지금까지의 무례를 용서해 주십시오. 이렇게 하지 않으면 황녀님께서는 전혀 저와 대화를 하려고 하시지 않으셨습니다."

"하지만 완전히 믿는 건 아니에……."

"지금 뒤에 이어 하시려는 말씀이 '저와 이렇게 대화를 나눴으면 저에 대해 잘 알겠군요?' 라는 질문이지요? 그 대답은 잘 모른다는 말이 정답이겠군요. 개인적인 이야기를 나눈 적은 거의 없으니까요. 그래도 책에 대해서 대화를 나눈 적은 있습니다. 황녀님께서 가장 감명 깊게 본 책은 류칼리스 작가님의 '아렌토스 마칼리' 이시죠. 그 책의 가장 좋아하는 대사는 '바람은 언제나 방랑자처럼 떠돌아다닌다.' 였죠?"

"……."

"그리고 지금 뒤로 뺀 손은 뒤에서 펼친 손가락의 수를 맞추라는 뜻이지요. 펼친 손가락은 세 개. 하지만 꺼낼 때는 손가락을 하나 접어 두 개가 되지요."

슬쩍 뒤에서 손가락 하나를 접어 밖으로 꺼낸 엘리즈의

표정이 경악으로 물든다. 하나도 틀리지 않았다.

"아, 그리고 곧 입구에서 제시카 씨가 들어올 겁니다. 혹시 불편한 점이 없는지 확인하기 위해서요. 들어오다가 미끄러져서 세 번째 책장에 부딪치지만 아픔을 참고 황녀님 앞으로 올 겁니다. 아무 문제가 없고, 시간이 좀 걸릴 터이니 휴식 시간을 가지라고 말씀하셔도 좋습니다."

그의 말이 끝나기 무섭게 경첩이 울리는 소리와 함께 도서관의 입구가 열리며 그녀의 시종인 제시카가 다가왔다. 그리고 바닥이 미끄러웠던 듯, 그녀가 미끄러지더니 세 번째 책장에 부딪치고 말았다. 그녀는 아픔을 참고 옷을 정갈히 다듬으며 그녀에게 다가왔다.

"황녀님. 혹 불편하신 점은 없으십니까?"

제시카의 말에 황녀가 놀란 표정을 지으며 발렌을 바라보았다. 그는 그저 미소를 지을 뿐이다.

"아무 문제없어. 시간이 좀 걸릴 테니까 휴식 시간을 가지도록 해."

"예, 황녀님."

제시카가 공손히 인사하며 다시 밖으로 나간다. 제시카가 나가자 엘리즈는 기가 막힌 표정으로 그를 바라보았다.

"제시카의 이름을 말한 적 없었을 텐데…… 어떻게 그녀의 이름까지 안 거죠?"

발렌이 어깨를 으쓱였다.

"말씀드리지 않았습니까. 전 저주에 걸려 같은 나날을 반복하고 있습니다. 이후의 일들은 다 꿰고 있죠. 아니, 실은 여기까지였습니다. 제시카 씨가 들어온 걸 알았던 건 저번 일이었거든요. 황녀님께서 제 말을 믿지 않으셔서 제시카 씨에게 제 무례에 대해 말했었지요."

그 덕분에 근위 기사들이 도서관 안으로 우르르 몰려와서 그를 쥐 잡듯 잡아 두드려 패고는 옥에 가둬 버렸다. 죄목은 불경죄였다. 다행히 독살을 한 누명은 쓰지 않았지만, 하루를 꼬박 감옥에서 보내고서야 돌아올 수 있었다.

"이제부터는 제가 겪지 못한 일이어서 똑같이 말하거나 하지는 못합니다. 하지만 제가 지금까지 말한 것이 사실이라는 것을 알아주십시오."

"우선 믿어 보도록 하죠."

믿어 준다고는 했지만, 사실 쉽게 믿을 수 없는 일이기에 완전히 신뢰할 수는 없을 것이다. 그러나 자신이 할 행동과 말을 미리 알고 있다는 것 자체가 놀라운 일이기에 우선 납득하기로 결정한 것 같았다.

발렌이 앉으라는 듯 손으로 자리를 가리켰다. 그녀가 미심쩍은 표정으로 그를 바라보고 있었다.

"하지만 확실합니다. 황녀님께서는 반드시 오늘 독살되

실 겁니다. 누군가가 황녀님에게 독을 먹였습니다."

 사교계에 나갈 때 자신의 관심을 끌기 위해 특이한 행동을 하는 사람은 많이 만나 봤지만, 이렇게 말하는 이는 없었다. 애초에 평민인 그가 자신에게 이렇게 얘기할 배짱이 있을까? 단단히 미치지 않고야 할 수 없는 얘기였다. 다른 이도 아닌 계승권을 포기하고 마탑에 들어오려는 자신이 독살당할 것이라니. 그것도 우연히 들어 미리 경고하는 것도 아니고, 이미 확정된 미래로 얘기하는 것이 그녀의 마음에 걸렸다.

 '사서씩이나 되는 이가 이런 허언을 할 리가 없지.'

 자신 같았어도 사라니 말이 되는 거짓말을 했을 것이다. 믿지 못할 얘기를 계속 말하는 것 자체가 이해되지 않을 행동이다. 그가 진정 충심으로부터 비롯되어 앞으로 있을 일에 대해 경고하는 것이라면 새겨들을 필요가 있었다.

 "좋아요. 당신을 신뢰하죠. 이번에는 진짜예요."

 "예, 말씀만으로도 감사드릴 뿐입니다. 제가 이 저주에서 벗어날 유일한 방법은 끝없이 이 날을 반복하며 황녀님을 독살하려는 자를 찾는 것뿐이니까요. 드디어 절 신뢰한다고 하시는군요."

 "그럼 당신은 그 진범을 찾기 위해 계속 이 날을 반복했다, 이거군요?"

"예. 스무 번까지는 세었지만…… 그 이후부터는 세어보지 않아서 모릅니다. 아마 일수로 따지면 반년은 족히 지났을 겁니다."

결코 짧다고 할 수 없는 시간. 엘리즈는 반년을 계속 같은 날만 반복하면 어떤 생각이 들까 문득 그런 의문이 든다.

'상당히 괴롭겠구나.'

그가 하기 싫은 일임에도 할 수밖에 없는 이유도 있다. 자신은 알고 있지만, 상대들은 전혀 모른다. 이런 상태로 반복되는 날을 계속 살아가다니. 얼마나 답답하고, 벗어나고 싶을까.

"그래서 제가 어떻게 하면 되죠?"

엘리즈는 그에게 연민을 느꼈다. 자신 때문에 지금까지 수십 번이나 같은 날을 반복한 발렌. 그의 말이 사실이라면 엘리즈는 이 일을 기억하지 못하겠지만, 그는 기억한다. 그리고 어느새 목표에 도착하겠지. 그러기 위해서는 최대한 돕는 게 더 좋을 것이라고 생각했다. 설령 이 기억이 끊겨도 말이다.

"아마 황녀님을 독살하려는 이는 분명 가까운 사람일 겁니다. 그렇지 않고서야 세인브리트 마탑에 몰래 들어올 수 있는 자객은 없을 테니까요. 이 날을 처음 맞았을 때, 저와 황녀님은 친구처럼 반말을 하였습니다."

"……저희들이요?"

"그때 제가 늦잠을 자는 바람에 관장님께서 어떻게든 시간을 벌려고 하시다가 황녀님께서 못 참으시고 마탑의 로브를 입고 몰래 오셨거든요. 그 덕분에 전 마법사가 웬일로 도서관에 온 줄 알았습니다. 뭐, 중요한 건 그게 아니고……."

발렌이 말을 끊더니 그날을 곰곰이 생각한다. 어제 있었을 일을 오래전이라고 하면 웃기지만, 그에게는 한참 전의 일이다.

"황녀님께 드린 찻잔에 독이 늘어 있었습니다. 그 때문에 대역 죄인으로 몰려 사주한 이가 누구냐고 고문을 받다가 재판도 안 받고 바로 공개 처형 되는 신세가 되었죠."

"고, 공개 처형이요?"

그 말에 엘리즈의 동공이 지진이라도 일어난 것처럼 쉴 새 없이 떨리기 시작했다. 재판 없는 공개 처형은 반란 분자, 혹은 죄질이 매우 나쁜 흉악범들이 당하는 경우가 대부분이었다.

"아, 너무 신경 쓰지 마세요."

"어떻게 그걸 신경 안 써요?!"

"이미 익숙한 일이니까요."

발악 115

그 말에 엘리즈가 완전히 침묵했다. 그는 아무렇지 않은 듯 말했으나, 그 누구라도 담담히 넘길 수 없는 얘기였다.

'이 사람…… 이미 어딘가 망가졌어.'

비상식적인 말이다. 그러나 그는 계속 반복해서 그런지 예정된 일상 중 하나로 인식하고 있었다. 이 사람은 그게 억울하지도 않다는 말인가? 엘리즈의 얼굴은 그에 대한 동정으로 가득해졌다.

그런 그녀의 생각도 모르고, 발렌은 말을 이어 갔다.

"저와 접점이 없을 때는 두 번의 결과가 나왔습니다. 하나는 관장님께서 누명을 쓰신 경우, 다른 하나는 황성 요리사가 누명을 쓴 경우입니다. 저는 죽지 않았지만, 애꿎은 사람이 결국 누명을 써서 저와 똑같은 일을 당했죠."

결국 그가 보는 곳이든, 안 보는 곳이든 그런 꼴이 난다는 소리다. 발렌은 계속 반복하면서 차라리 자신이 계속 엘리즈에게 접근해 이를 알아보기로 한 것이다.

"제가 다양한 일을 시도해 보면서 한 가지 확신한 것이 있습니다. 황녀님과 가장 오랜 시간 가까이에 있는 사람들이 누구죠?"

"아무래도 시종들이겠죠."

"제시카, 알렉스, 모른, 플레드. 이렇게 넷이로군요. 그럼 그들 중 한 명 혹은 몇 명일 확률이 큽니다."

그 말에 엘리즈가 침묵했다. 다른 이들도 아닌 자신의 옆을 보좌하는 시종들 중 자객이 있다니! 물론 아주 없는 경우는 아니다. 시종들 중 누군가의 사주를 받고 오래전부터 황실에 들어와 암살하려고 했던 이는 역사적으로 꽤 많았기 때문이다. 정말 그들 중 한 명이라면 배신감이 클 것 같았다.

"점점 정답에 다가가고 있습니다."

발렌은 점점 이 반복되는 일상을 끝낼 수 있다는 것에 옅은 미소를 짓고 있었다.

"제가 어떻게 하면 좋을까요?"

엘리즈가 돕겠냐는 듯 말했다. 뭘 어떻게 해야 할지 묻는 적극적인 태도에 발렌이 속으로 감사를 표했다.

"이 일을 시종들 중 한 명에게 말하십시오. 자신을 독살하려는 이가 있다는 걸 도서관 사서가 말했다, 라고. 만약 그들 중 한 명이라면 사주한 이에게 보고하고, 절 당장 죽이려고 들겠지요."

그렇게 하면 그 자를 추궁해서 사주한 이를 알아내면 된다.

"누구에게 말할까요?"

"일단 제시카 씨부터 먼저 해 볼까요? 아, 제시카 씨가 다른 사람에게 말하지 않도록 주의해 주세요. 그래야 진범을 확실히 골라서 확인할 수 있으니까요."

"제시카가요? 제시카는 그럴 사람이 아니에요."

"황녀님."

그녀와 발렌의 눈이 서로 마주쳤다. 그의 눈빛이 번들거리는 것 같았다.

"제가 반복하면서 느낀 건데, 어쩔 수 없이 궁지에 몰린 상황이면 할 수밖에 없는 경우도 있습니다. 다른 이들이라고 예외는 아니겠죠."

자신을 빗대어 말한 것이다. 발렌은 이렇게까지 적극적이거나 오지랖 넓은 사람이 아니다. 엘리즈에게 잘 보여 출세하고자 하는 마음도 없다. 돈을 많이 벌면 좋겠다고 생각한 적은 있지만, 사서로 일하면서 하루하루 평화롭게 사는 것에 만족했다. 그러나 그 평화가 초대 마탑주의 저주 때문에 깨어졌다. 그가 살기 위해서, 이 일을 하루라도 빨리 반복하지 않기 위해서는 하기 싫어도 할 수밖에 없었다.

"……."

엘리즈가 입을 꾹 닫았다. 그의 말은 자신이 이해하기 힘들 정도로 의미가 너무 깊었다. 아마 다시 리셋 하는 일이 없었고, 대역 죄인으로 몰려 공개 처형을 당하지 않았다면 엘리즈를 동정해도, 그저 흐르는 대로 일상을 보냈을 것이다.

"만일 제시카가 아니면요?"

"다음 반복에서는 알렉스, 모른, 플레드 씨로 정해서 하면 되겠죠. 그들이 아니라면 황녀님은 안심하고 시종들을 믿으면 될 테고, 저는 또 다른 이를 찾으면 됩니다."

참으로 간단명료하다.

"그럼 그들이 아니라면 또 언제 끝날지 모르는 이 일을 반복해야 하는 건가요?"

"……."

그 말에 발렌은 대답하지 않고 침묵을 지켰다. 그러나 엘리즈는 그 침묵을 긍정으로 받아들였다.

"믿기지 않는 얘기부성이지만, 사실이라면 왜 이렇게까지 당신은 고통을 겪어야 하는 거죠?"

"그건 황녀님이 신경 쓰실 일이 아닙니다."

"신경이 안 쓰이는 게 더 이상하죠! 바로 눈앞에서 백성이 원치 않은 일에 고통을 받고 있는데!"

그 말에 발렌이 의아한 시선으로 그녀를 바라보았다. 황제나 황자들을 봤어도 지금과 같은 분위기는 없었다. 압도적인 위압감. 그것만 있었을 뿐이다. 아루스 황자가 조금 달랐지만, 자신이 죄인이 아니라고 생각만 했을 뿐, 적극적으로 말리지 못했다.

그러나 엘리즈는 그들과 확연히 달랐다. 그녀는 눈앞에

있는 자신을 한 명의 백성으로서 대해 주었다. 대역 죄인으로 무작정 몰고 가 일을 진정시키려던 가벨 황자와 분노로 인해 사리 분별 못하던 황제와는 전혀 달랐다. 그녀는 그의 아픔을 이해하고 있는 듯 눈가에 눈물이 맺혔다. 이런 경우는 처음이라 발렌도 당혹스러워했다. 그러는 한편 자신의 마음을 쿡쿡 찌르는 것 같았다.

'정말 눈부신 사람이구나.'

백성을 자식처럼 생각해 주고, 그 고통을 이해하여 눈물까지 보이는 황녀라니. 발렌은 이런 사람 밑으로 들어가라고 하면 망설임 없이 충성을 맹세할 것이라고 생각했다.

'눈부신 사람에게 사람이 모인다고 했던가?'

엘리즈가 딱 그러했다. 그러나 지금은 감동하고 있을 때가 아니다. 어차피 이런 대화를 해 봤자 다시 오늘이 지나면 그녀는 기억을 못한다.

"그리 마음에 두시지 않으셔도 됩니다. 지금은 이해하신다 하셔도, 다시 어제부터 시작하면 처음 만나는 사람이 될 테니까요."

지금 이렇게 대화를 나눈 것도 기억하지 못하게 될 것이다.

"왜 자신을 이해해 주는 사람에게 손을 벌리지 않는 거죠? 왜 혼자서 감당하려는 건가요? 당신은 어딘가 망가져 있을 거예요. 아니, 분명히 망가졌어요."

"확실히 남들의 눈에는 그렇게 비쳐질 수 있겠군요. 하지만 저는 최선을 다하고 있는 겁니다. 제 평화를 찾기 위해서요. 그리고 이미 손은 벌릴 대로 벌려 놓았습니다. 이제는 괜찮습니다. 황녀님의 진심을 알았으니 저도 이제는 억지로가 아닌 기쁜 마음으로 반복하겠습니다. 약속하겠습니다. 황녀님을 반드시 구해 드리겠습니다."

발렌이 각오가 어린 눈빛으로 그녀를 바라보았다. 마치 전장에 나서는 용맹한 기사와 같은 눈빛. 그만큼 각오를 다졌다는 의미일 것이다.

"그럼 다른 약속도 해 주세요."

그녀가 눈물을 닦아 내며 새끼손가락을 들어 보였다.

"제가 기억을 잃어도, 설령 알아주지 않는다 해도, 제가 다시 한 번 그대가 같은 날을 반복한다는 사실을 이해하고 있을 때, 이 일이 있었다는 것을 말해 주기로."

울먹울먹 거리며 새끼손가락을 내뻗는 게 어린아이 같은 모양새여서 발렌의 얼굴에 미소가 그려졌다.

"예, 이 날은 반드시 기억했다가 말씀드리겠습니다."

'아마 기약 없는 약속이 될 테지.'

그게 언제가 될지도 모르고, 기억을 할지도 미지수지만…… 만일 기억한다면 이 일을 얘기해 주자고 생각하며 그녀의 새끼손가락에 자신의 손가락을 걸고 위아래로 흔들었다. 기약 없는 약속. 지킬지, 지킬 수 없을지 모를 그런 약속이지만 소중한 추억으로 간직하기로 했다.

* * *

 엘리즈가 황성으로 돌아갔다. 마탑을 떠날 때 자신을 바라보던 그 눈물 맺힌 눈은 잊을 수 없는 일이 되었다. 마탑주가 황녀님께 무슨 무례한 말을 올렸냐며 추궁해서 곤란해지기도 했지만, 어떻게든 넘어갔다.
 '이런 얘기를 믿어 주는 것도 놀라운 일이네.'
 누구도 절대 믿지 않을 것 같았는데, 그녀는 믿어 주었다. 그것이 고마우면서도 미안했다. 그만큼 자신의 진심이 전해졌다는 것이리라 생각했다. 그녀는 이 반복되는 날이 얼마나 괴로운 것인지 직접 이해하지 못할 것이다. 그러나 이해하려 노력해 주었다. 덕분인지 이번에는 그도 홀가분한 기분이었다. 만족스러운 미소를 지으며 하루를 끝내가는 참이었다. 제이프도 오늘 하루 고생했다며 격려해 주고 바로 퇴근했다. 그가 숙직실에 들어가 주머니에서 물품을 꺼내자 곧 뭔가가 만져졌다. 기다란 나무 막대기, 보나바르가 준 선물이다.

"이 완드는 내게서 떨어질 생각을 안 하는구나."

발렌이 주머니 속에 들어 있는 완드를 보고 한숨을 내쉬었다.

어째서인지 이 완드는 그에게서 절대 떨어질 생각을 하지 않았다. 어디에 두고 와도 생각 없이 주머니에 손을 넣어 보면 이 완드가 들어 있었다.

시간이 다시 리셋 되어도 마찬가지다. 혹시나 생각해서 리셋 되자마자 주머니에 손을 넣었더니 완드가 들어 있었다. 보나바르가 떠넘긴 선물이니 이것도 예사 물품은 아니라고 생각했다. 귀속 아티팩트가 아닐까 싶었다.

아티팩트는 아무리 싸다고 하더라도 그 가격이 결코 만만치 않다. 아무리 별것 아닌 아티팩트라도 집 한 채는 거뜬히 살 만큼 비싸다. 귀속 아티팩트는? 외진 곳에 있는 영지 한두 개로도 어림없다는 것이 정설이다.

그 아티팩트의 효과가 어떠냐에 따라 가격은 천차만별이다. 물론 아무에게도 귀속되지 않았을 때의 얘기지만 말이다. 귀속 아티팩트는 한 번 귀속되면 그 사람 외에는 사용하지 못한다. 소유자가 죽어야만 그 귀속력을 잃게 된다.

"하지만 이건 내가 죽어도 죽기 전으로 같이 되돌아오는 아티팩트겠지? 이러나저러나 결국 이건 팔수도 없네. 어휴."

이거 하나만 팔아도 대대손손 떵떵거리며 살 수 있을 텐데…… 그것도 보나바르가 남긴 아티팩트라면 그 가격은 결코 값으로 매길 수 없을지도 모른다. 이걸 팔지 못해서 상당히 아쉬움으로 남았다.

"그래도 이번에는 성과가 확실히 있었다."

엘리즈가 자신의 일을 이해해 준 것도 엄청난 성과이다. 지금까지 반복하면서 이런 일은 없었다. 처음 간신히 자신을 믿어 주고 얘기를 들어 준 것인데 설마 이렇게까지 자신을 신뢰해 줄 줄이야.

"마음이 여리고, 백성의 고초를 결코 외면하지 못한다는 소문은 사실이었구나."

그녀의 진심에 적극 응답해 주기로 하며 그가 랜턴을 켜 두고 자리에 앉았다. 이곳에서 황성까지 고작 20분 거리. 뛰면 5분 내로 도착할 수 있는 거리다.

'빨리 오면 좋으련만.'

웨에에엥—!

갑자기 밖이 요란해졌다. 침입자 경보음이 울린 것이다. 이 소리를 들은 경계병과 마법사들이 우르르 몰려가는 것이 창밖으로 보였다. 그리고…….

훅—!

바람이 불어오는 소리가 들려오며 랜턴이 꺼지는가 싶더

니, 그의 목에 차가운 무언가가 닿았다.
 "얌전히 있어라."
 심장이 얼어붙은 것처럼 그의 몸도 함께 움찔 떨었다.

Chapter 05
발악의 결과

<무투기>

트라비키아 통일 제국의 힘에 맞서 만들어진 세 인브리트 황제가 만든 검사 전용 마법. 초기의 무투기는 자신의 신체를 일시적으로 극한까지 끌어올려 큰 위력을 낼 수 있는 마법이었으나, 지금은 시대를 거치며 변형을 이뤄 마법처럼 다양해졌다. 무투기는 크게 강화형, 방출형, 변화형이 많이 알려져 있다.

—『대륙의 마법』中 발췌—

　　　　　＊　　＊　　＊

"손을 들고 천천히, 아주 천천히 일어나서 뒤로 돌아."

발렌이 지시대로 손을 반쯤 들고 천천히 자리에서 일어나 뒤를 돌아보았다. 그곳에는 어둠에 녹아들기 쉽도록 검은색 복장으로 통일한 침입자가 한쪽으로 날이 휘어진 시미터(Scimitar)를 그의 목에 겨누고 서 있었다.

"엘리즈 황녀에게 독을 먹이려던 것을 어떻게 알았지?"

익숙한 목소리. 살짝 다르게 낸 목소리지만, 발렌은 누구의 목소리인지 알고 씩 웃었다.

"제시카 씨, 복면을 쓰고도 그 특유의 사막 부족 억양은 그대로 있는데요?"

"……."

제시카는 사막 부족에서 태어난 시종이다. 대륙의 모든 나라들은 대륙 공통어를 쓰고 있지만, 사막 부족, 유목 민족 등 나라로 인정하지 않는 곳들은 각자의 언어와 억양이 있다. 게다가 그녀가 들고 있는 검은 이 나라에서 유난히 눈에 띄는 것이기도 했다. 사막 부족 특유의 검이다. 이는 복면인이 사막 부족 출신이라던 제시카임을 말하는 것이나 다름이 없었다.

'처음부터 이렇게 맞힐 줄이야.'

정말 운도 좋다고 생각했다. 번거롭게 몇 번 더 죽지 않고 범인을 알아냈으니까.

"그래서, 황녀님은 어떻게 됐죠?"

"질문은 내가 한다. 대답해라. 어떻게 알아낸 것이냐?"

반달처럼 휘어진 검이 살짝 그의 목을 스쳤다. 피가 주륵 흘러나와 그녀의 검에 닿았다. 그러나 발렌은 그런 것으로 두려워하지 않았다. 이미 머리는 차갑게 식었다. 목이 떨어져 나간 게 한두 번도 아니고, 고작 칼을 들이밀고 위협한다고 두려워할 이유는 없었다. 제시카는 그의 표정을 보고 인상을 찌푸렸다.

"보통 놈이 아니로구나. 정체가 무엇이냐."

'정체?'

아무래도 단단히 오해받고 있는 것 같았다. 제시카는 칼을 여전히 목에 들이밀고 있기는 했으나, 최소한 살기는 누그러뜨렸다. 발렌은 이 위기를 모면할 수 있는 최고의 기회로 생각했다. 그녀가 오해하면 오해할수록 그에게 좋은 일이니까.

"너랑 동업자라고 보면 된다."

"오호? 네놈도 말이냐?"

그녀의 얼굴에 호기심이 어리며 그를 위에서부터 아래까지 면밀히 살폈다. 아주 제대로 오해하고 있었다.

"그리고 더 이상 위협하지 않는 게 좋아. 이래 봬도 난 마법사거든. 난 자폭을 썩 좋아하는 성격은 아니야."

발렌이 완드를 꺼냈다. 마법의 마 자도 모르는 그가, 숨기기 딱 좋은 완드를 들고 있자 그녀가 칼을 조심스럽게 치웠다. 그러나 만일에 대비해 언제든 공격할 수 있도록 검은 꼭 쥔 채 그의 완드에 시선을 집중하고 있었다.

"그저 평범한 사서라고 생각했는데, 속에는 날카로운 칼을 숨기고 있었구나. 나도 감쪽같이 속았어."

제대로 오해해 주고 있다. 발렌은 이 상황을 벗어난 것에 안심했다.

"업계에서는 사냥감을 가로채지 않는 것이 불문율인데, 날 일부러 불러내기 위함이었나? 분명 방해하는 이유가 있을 터."

'업계…… 라고?'

업계라는 단어에 제시카가 고용된 사람임을 짐작할 수 있었다. 누군가가 그녀를 고용했고, 그녀는 그 고용주의 명에 따라 행동한다. 도대체 무슨 이유로? 그런 의문은 남지만, 여기서 바짝 정신을 차려야 한다는 생각이 들기 무섭게 그의 머리가 다시 차가워진다. 그리고 소리쳤다.

"야, 네가 여기서 독을 썼을 때 얼마나 놀랐는지 알아?"

"오호, 눈썰미까지 있군. 어지간한 자들은 내가 언제 독을 썼는지 전혀 모를 텐데 말이야."

 사실 발렌은 아직 언제 제시카가 독을 썼는지 모른다. 그녀는 시종으로서 너무도 완벽히 일했다. 그러는 와중 순식간에 움직여 독을 사용했다는 말인가. 평범한 사람인 발렌이 그 방법을 알 리 없었다.

 '역시 이번에도 독을 사용했구나.'

 자신도 모르는 사이에 썼다는 것이 더욱 놀랍다. 계속 이 일을 반복하면서 엘리즈와 그 주변 인물들을 관찰했다. 제시카도 예외는 아니었다. 그러나 몇 번을 확인해도 언제 독을 탔는지 감을 못 잡았다. 지금도 마찬가지다. 어떻게 독을 썼는지 정말 궁금해졌나.

 "엘리즈 황녀를 계속 흘끗거리기에 참 무례한 사람이다 싶었더니, 내가 단단히 오해했던 모양이군. 나 말고 다른 녀석이 더 있나 확인하려고 했던 것이로구나. 뭐, 결과적으로 소득은 없었겠지만."

 자기 입으로 더 이상 없다고 술술 불어 주었다. 그러나 저 말도 완전히 신뢰할 수는 없는 노릇이다. 발렌이 그녀를 잔뜩 노려보며 호통쳤다.

 "이 바보 같은 놈아. 너 때문에 내가 죽을 뻔했다! 내게 누명을 씌울 속셈이었냐!"

 그 순간, 갑자기 바람이 몰아쳤다. 그의 머리카락이 살랑 움직이더니 곧 앞머리 일부가 바닥에 떨어졌다. 그녀의 검이 빠르게 움직이며 그의 머리카락을 일부 베고 지나간 것이다.

"설마 고작 그 정도로 날 불러낸 거야? 정체를 들키지 않으려면 누명을 씌워 달아나는 게 보통일 텐데? 너 혼자 깨끗한 척하지 마. 너나 나나 어차피 똑같으니까."

그러던 그녀가 갑자기 발렌의 멱살을 움켜잡아 책장으로 밀쳤다. 등에 강한 충격과 함께, 제시카의 살기등등한 눈빛이 마주쳤다.

"그리고 네놈 때문에 황녀가 바로 샤워하러 갔어. 기껏 힘들게 구한 암나르크 독이 네놈 때문에 허사가 됐다고. 오늘까지 만반의 준비를 했는데 말이야. 이에 대한 책임을 어떻게 져야 할지 잘 알고 있겠지?"

그녀의 눈이 번들거리기 시작했다. 마치 눈앞에서 범을 만난 것처럼 오금이 저리기 시작했다. 그러나 그 와중에도 머리는 빠르게 회전하고 있었다.

'암나르크 독? 그건 뭐야. 그리고 샤워하러 가는 것과 만반의 준비가 무슨 상관이지? 독은 이곳에서 탄 거잖아. 아니, 잠깐. 그러고 보니 황녀님이 이곳에서 차를 마실 때와 마시지 않았을 때 차이가 있었지?'

마탑 어딘가에서 차를 마시면 자신 혹은 제이프가 누명

을 썼고, 마시지 않으면 황성에 있는 사람이 누명을 썼다. 그렇다는 것은…… 혹시 찻잔에 탄 게 아니라, 그녀에게 묻혔다는 것이 아닐까?

그리고 엘리즈와 자주 마주치다 보니 알게 된 것이 하나 있었다. 그녀의 버릇. 바로 입술을 핥는 것. 그녀가 입술을 핥는 것은 입술에 뭔가 묻었다는 느낌이 있을 때다. 그리고 지금까지 반복하며 제시카가 보인 공통적인 반응. 그것은 바로…….

"그렇다는 얘기는 손수건을 썼을 때로구나!"

드디어 퍼즐이 맞춰졌다. 어떻게 그녀가 독을 먹었는지. 그녀의 버릇을 알고 있다면 자연스럽게 독을 먹일 손쉬운 방법이었다. 감히 황녀의 몸에 아무 이유 없이 손을 댈 수 없으니 손수건에 미리 독을 발라 두고, 그녀의 입 주위를 닦는 척하며 묻힌다. 아무것도 모르는 엘리즈는 그것을 혀로 핥을 것이다.

"……?"

제시카가 의아한 시선으로 그를 바라보다 내리깐 목소리로 말했다.

"네놈, 동업자가 아니로구나."

발렌은 아차 싶었다. 위기를 모면할 수 있는 가능성이 사라지는 순간이다. 어렵사리 어떻게 독을 사용했는지 알아낸 것 때문에 너무 대놓고 드러내고야 말았다. 상황상 어차피 그녀가 절대 가만 놔두지 않을 것을 짐작했기에 들킨다고 하더라도 의미는 없을 것 같지만 말이다. 발렌은 이제 될 대로 되라는 듯 소리쳤다.

"그래, 그렇게 어설퍼서야 어디 암살자를 하겠다는 거냐!"

그 외침과 함께, 발렌의 시야에 번쩍 빛나는 뭔가가 순식간에 스쳐 지나간다. 곧 그의 시야가 어지러워지며 어두워진 그 순간이었다. 창문 사이로 햇빛이 내리쬐는 환해진 도서관이 또다시 눈앞에 펼쳐졌다. 이를 보고 발렌이 기가 찬 표정으로 중얼거렸다.

"결국 이렇게 되는 거구나."

검을 휘두르는 것도 제대로 인지하지 못한 상황이었다. 눈앞이 번쩍거린다 생각하기 무섭게 다시 대청소 날로 되돌아왔다. 일 검에 죽었다고 생각하니 확실히 프로라고 생각했다.

"발렌, 뭘 그렇게 중얼거려! 아직 해야 할 일이 넘치고 넘쳤다고!"

어김없이 들려오는 제이프의 호통은 덤이었다. 발렌은 이미 익숙한 그 호통에 귀 기울일 새가 없었다. 그는 턱에 손을 짚으며 잠시 고민했다.

'정면 대결을 하기에는 힘들어 보여. 그렇다면 내 쪽에서 몰래 제시카의 정체를 밝히고, 그녀를 유인해야 할 것 같아.'

최소한 자신이 먼저 움직여 손을 쓴다면 검에 능숙한 자객이라도 이길 확률이 늘지 않겠는가. 그는 손에 들려 있는 양동이와 걸레를 내려놓고 소리쳤다.

"관장님, 급한 일이 생각나서 그런데, 조금 이따가 오겠습니다!"

"뭐? 발렌! 청소 안 하고 어디 가!!"

제이프의 외침에도 아랑곳하지 않고, 발렌이 도서관 밖으로 나섰다.

발렌이 돌아온 것은 그로부터 약 세 시간 후였다. 제이프에게 호되게 잔소리를 듣는 것은 물론, 늦은 시간까지 넓은 도서관 내부를 혼자 대청소하는 건 덤이었다. 그 덕에 자정이 넘어서 간신히 청소를 마친 발렌. 그는 피곤한 것도 모르고 책을 찾고 있었다.

"이쯤 어딘가에 있었던 걸로 기억하는데……."

랜턴으로 빛을 비추며 책을 찾던 그는 가장 아래 칸에서 원하는 책을 발견할 수 있었다. 사람들이 잘 집지 않을 만한 위치에 있는 것이다.

"여기 있었군."

그가 찾던 책을 발견하고 당장 꺼냈다. 저서『아이벤 대륙의 독』이었다. 독과 관련된 서적은 많지만, 이것이 가장 정확하고 다양한 독에 대해 서술되어 있다고 들었다. 두께도 상당하다. 무엇보다 사람의 때가 타지 않은 책이기도 했다. 도서관에 잘 오지도 않는 마법사들인데 이런 책을 보겠는가. 그저 세월의 흐름에 노랗게 변색되었을 뿐이다. 그는 책상까지 가지 않고 그 자리에 앉아 책을 넘겼다. 그가 찾는 독은 딱 하나 뿐이다.

암나르크. 홍차와 사람의 침, 그리고 위액이 합쳐지면 독이 된다는 모양이다. 처음에는 아무 증상이 없지만, 시간이 지나면 속이 타들어 가는 듯 괴롭다가 차차 강한 산성이 된 독에 의해 내장이 녹아내린다는 모양이다. 속을 게워 내려고 하면 오히려 식도가 녹는다고 한다. 이 독은 생각보다 유명한 듯, 후계자들 간의 암투에 주로 쓰이는 모양이다.

"미쳤네. 정말 미쳤어. 이렇게 잔인한 독이라니."

죽을 때까지 괴롭게 만드는 독이라니. 내장이 녹아내리는 고통이 무엇인지는 모르지만, 결코 보통의 고통은 아닐 것이라는 추측을 충분히 할 수 있었다. 엘리즈 황녀는 자신이 당한 고문보다 더한 고통을 받으며 죽어 갔던 것이다. 그녀가 괴로워할 모습을 생각하니 치가 떨렸다.

귀족이나 황족들은 홍차를 즐겨 마시기 때문에 이 독을

애용할 수 있을 것 같았다. 아마 암암리에 거래되지 않을까 싶었다. 나라가 있는 곳에는 반드시라고 해도 좋을 정도로 계승권을 놓고 암투가 벌어지니 말이다.

"해독할 수 있는 방법은 없는 건가?"

먹지 않는 게 가장 좋은 방법이겠으나, 먹을 것에 대비해 해독제를 미리 준비하는 것도 나쁘지 않으리라. 그는 책을 넘기며 곧 해독법을 찾았다. 암나르크의 해독법은 생각보다 간단했다. 바로 감자를 먹는 것이다. 암나르크는 여러 가지 물질이 만나 화학반응이 일어나야 산성화되지만, 감자가 그것을 막는 모양이었다. 감자는 시중에서 쉽게 구할 수 있으니 어려운 것도 이니다. 발렌은 이를 보고 눈빛을 빛냈다. 그러고 보니 오늘은 아침 식사로 찐 감자가 나오는 날이었다.

* * *

결전의 날이 밝았다. 출근 도중 붙잡힌 제이프는 마탑을 안내하며 정오까지 시간을 끌려고 했다. 발렌이 보이지 않아 늦게까지 책을 읽다가 늦잠을 자고 있는 것이라 생각한 것이다. 그게 한두 번 있던 일이 아니기에 시간을 끌기 위해 고군분투 중이다. 정작 발렌은 꿀 같은 취침을 끝내고 눈을 뜬 채 타임 리프를 겪기 전처럼 엘리즈가 도서관에 오기를 기다리고 있었다.

'내 계획대로 진행되면 좋을 것 같은데 말이야.'

그렇게 되면 임무를 완수할 수 있지 않을까. 그런 기대를 갖고 초조한 마음으로 엘리즈를 기다렸다. 이제 슬슬 올 때가 되었다고 생각하던 찰나, 경첩이 울리는 소리와 함께 세인브리트 마탑 소속임을 증명하는 로브를 입은 엘리즈가 도서관 입구를 열고 들어왔다. 그녀는 문을 조심스럽게 닫고서 기쁨의 미소를 짓고 있었다.

그 모습을 보니 절로 미소가 피어오른다. 발렌이 자리에서 조심스럽게 일어나 그녀에게 다가갔다.

"어서 오세요. 마법사님."

"히익?!"

발렌은 미소를 지은 채 화들짝 놀라는 그녀를 맞이해 주었다. 처음 만난 날 이후로 그녀를 이렇게 만나는 건 처음이다.

그녀의 드레스 입은 모습도 좋았지만, 마법사 복장으로 나타난 것도 썩 나쁜 모습은 아니었다.

"무슨 일로 오셨나요?"

"아, 저…… 책을 좀 찾으려고 그러는데요. 베르난 콜먼 작가님의……"

"베르난 콜먼 작가님의 방랑자요? 그거라면 당연히 있죠!"

발렌은 엘리즈의 행동을 생각하며 자신이 짠 계획을 시작하기로 했다.

* * *

엘리즈와 책에 대한 대화를 나누다 보니 자연스럽게 책에 대한 토론이 시작되었다. 다만 처음 만났던 날과 달리 토론은 그렇게 길지 않았다. 그러나 열띤 토론이라는 것만큼은 변하지 않았다. 또다시 엘리즈와 발렌은 자연스럽게 반말을 하는 사이가 되었다. 한참 대화를 하다 보니 엘리즈가 갈증을 느꼈다.

"자, 여기 물. 마침 찐 감자도 있는데, 이것도 먹을래?"

발렌은 컵에 물을 담아 그녀에게 주고, 취사장에서 소피 아주머니 몰래 빼 온 찐 감자를 그녀에게 건네주었다. 마침 점심시간이 다 되어 가는 터라 그녀도 허기를 느끼고 있던 참이었다. 그녀는 그에게서 물과 찐 감자를 받으며 물었다.

"도서관에서 먹어도 되는 거야?"

"원래 안 되긴 하는데, 마법사들이 자주 찾아오지 않아서 말이야. 보는 사람도 없어서 나도 일 끝나고 마음껏 도서관 내에서 취식하고 있어. 다만 책에 묻지 않게 조심해야 겠지만."

"사서들은 원래 다 그래? 도서관 내에서 만큼은 규칙을 엄수하는 게 사서의 일 아니야?"

"너무 딱딱하게 규칙에 얽매이면 사람이 정없어 보이잖아."

그의 말에 엘리즈가 호호 웃으며 찐 감자를 먹고, 물을 마셨다. 엘리즈가 찐 감자를 먹는 그 모습을 보고 발렌은 그제야 안도한 표정으로 바라보았다.

'이제 독은 중화되겠지?'

암나르크로 인해 그녀가 독살될 가능성이 사라졌다. 엘리즈가 물을 마시다가 실수로 흘렸다.

"아, 흘렸네."

"자, 여기 손수건."

발렌은 미리 준비한 손수건을 그녀에게 건네주었다. 그는 일부러 면적이 큰 컵을 줬다. 면적이 큰 컵은 흘릴 가능성이 높기 때문이다. 손수건을 건네받은 그녀는 입과 옷에 흐른 물을 닦아 냈다.

'좋아, 이제 시작이다.'

지금까지는 그저 전초전이었을 뿐. 진짜 시작은 이제부터다. 그가 미소를 거두고 진지한 표정으로 그녀를 뚫어져라 바라보았다.

"리즈."

"응? 왜?"

"내가 어제 우연찮게 들은 이야기인데, 들어 볼래?"

"무슨 이야기인데?"

엘리즈가 경청하겠다는 듯 가만히 그를 바라보았다. 발렌은 침을 꼴깍 삼켰다.

"놀라지 말고 들어. 어젯밤 술집에 갔다가 우연찮게 엘리즈 황녀님을 독살하려는 음모를 들었어."

"……뭐?!"

아무 생각 없이 듣던 엘리즈가 화들짝 놀랐다.

"내 말을 믿어 줄 것 같지 않아서 아무에게도 말하지 않았어. 평민인 내가 말해도 소용이 없을 것 같기도 하고 말이야. 마법사인 네 말이라면 그래도 믿어 줄 것 같은데. 네가 대신 말해 줄 수 있니?"

"잠깐! 그게 무슨 소리야?"

엘리즈는 자신도 모르게 언성이 높아졌다. 그 얘기를 들으니 흥분하지 않을 수 없던 것이다. 그러나 발렌은 여전히 진지한 어조로 그녀에게 거짓을 고했다.

"사실 나도 믿기지 않아. 구석에서 후드를 뒤집어쓴 사람들이 조용조용 얘기하는데, 나도 깜짝 놀랐어. 엘리즈 황녀님께서는 입술에 뭔가가 묻으면 혀를 핥는 버릇이 있대. 그것을 이용해서 입술에 독을 묻혀 독살시킬 계획이라는데? 그냥 하는 말이라기엔 계획이 너무 구체적이지 않아?"

그 말을 듣기 무섭게 엘리즈가 어깨를 크게 떨었다. 그녀가 다급히 소매로 입술을 박박 문질렀다. 엘리즈는 인지하지 못했지만, 소매에 달걀의 노른자가 굳은 것 같은 뭔가가 약간 묻어 나왔다. 그녀의 입술에 남아 있던 독일 것이다.

'이미 감자를 먹어서 괜찮겠지만, 그래도 혹시 모르는 일이니……'

계속 입술에 독이 남아 있는 것보다 훨씬 나을 것이다. 그녀는 소매로 계속 입술을 문지르다가 곧 몸을 정갈히 했다.

"알았어. 내가 엘리즈 황녀님과 친분이 있어서 바로 알릴 수 있도록 조치할 수 있을거야."

사실 본인이 황녀면서 끝까지 속이고 있다. 이미 사실을 다 아는 발렌은 그저 속으로 웃을 수밖에 없었다.

"그래? 다행이다. 그 사람들이 진짜 독살하려는 건지 아닌지 모르지만 그래도 불안해서 말이야. 이것이 사실이라면 정말 큰 사건이 터지려는 거잖아. 네게 말하길 잘한 것 같아."

발렌은 배우마저 속일 듯한 연기를 하며 굳이 안도의 한

숨까지 내쉬었다. 엘리즈는 방금 자신의 말을 듣고 경각심을 가질 것이다. 그것만 해도 제시카의 계획은 충분히 물거품이 될 것이리라.

"혹시 그 사람들 인상착의를 기억해?"

"음…… 미안하지만 후드를 뒤집어쓰고 있어서 말이야. 게다가 얼굴을 확인할 겨를도 없이 바로 일어나서 사라지기도 했고."

"그래……?"

엘리즈는 상당히 아쉬운 표정이었다. 그러나 발렌은 상세히 말해 줄 수 없었다. 사실이 아니기 때문이다. 독살하려는 세력이 있다는 것만 알리면 된다.

황녀를 독살하려는 자라면 결코 만만치 않은 자일 것이다. 제국을 뒤흔들려는 타국의 음모일 수도 있고, 황위 계승권을 가진 황자들과 장녀의 혹시나 모를 위협을 제거하기 위함일지도 모른다. 아니면 그쪽에 속한 귀족들이 꾸민 것도 생각해 볼 일이다.

상황은 여러 가지 복잡하게 얽히고설켜 있다. 그러나 그 내막을 발렌이 알 턱이 없다. 그가 할 수 있는 것은 그녀가 죽지 않도록, 이 위협에서 벗어날 수 있도록 돕는 것이니까.

그가 메모장에 글을 써 잘 접어서 그녀에게 건네주었다.

질 좋은 종이가 아니어서 까끌까끌한 느낌이 강했다.

"황녀님께 반드시 혼자 보시라고 전해 줄래?"

"뭔데?"

"황녀님만 아셔야 될 사항이야. 아무도 보지 못하도록 해야 한다고 전해 줘."

그의 진지한 표정에 엘리즈가 자신도 모르게 침을 꼴깍 삼키며 고개를 주억이더니 그의 쪽지를 받아 들었다.

"아마 황녀님께서 너의 공을 잊지 않으실 거야. 황실을 위협하는 세력의 음모 제보자니까."

"그래? 난 그런 건 신경 안 써. 그저 해야 할 일을 하는 거니까."

공을 세우든 안 세우든 상관 없었다. 마음에서 우러나와 엘리즈를 정말 돕고자 한 것이다. 믿지 못할 이야기를 믿어 주고, 자신을 돕겠다고 하던 그녀. 오히려 도와주지 못해서 미안한 기색마저 보였던 그녀다. 지금은 본인이 한 말을 기억하지 못하지만, 저번 리셋 때 그녀의 진심을 알았다. 그것만으로 그녀를 도울 명분은 충분하다.

"나 이만 일어나야 할 것 같아. 때마침 중요한 일이 생각났거든."

엘리즈는 이 자리를 빨리 뜨려는 듯 보였다.

원래대로라면 당분간 여기에서 더 얘기하다가 시종과 제

이프가 들이닥쳐야 했다. 그러나 자신의 독살을 기도하는 자가 있다는 사실을 알았으니 가만히 이곳에 앉아 있을 수 없을 것이다.

"그래? 아 참, 이 쪽지도 건네줄 수 있니?"

발렌은 이번에 약간 누런 종이를 그녀에게 건네주었다.

"그건 사막 부족 출신으로 보이는 시종에게 건네줄래?"

"이건 왜?"

"마법사와 경계병들이 도열하고 있을 때 창문 너머로 잠깐 봤는데, 너무 예뻐서 말이야. 한 번 만나 보고 싶어서."

발렌이 부끄럽다는 듯 어색하게 웃으며 머리를 긁적였다. 엘리즈는 그런 말을 듣는 게 처음이었다. 제시카는 확실히 미인이다. 그러나 엘리즈의 옆을 지키고 있기에 그 외모가 희석되는 경우가 많았다.

그 덕분에 지금까지 그녀는 누군가의 관심을 받은 적이 없었다. 제시카가 자신에게 관심을 갖는 남자가 있다는 사실을 알면 무슨 생각을 할까? 미소가 그려지는 한편, 엘리즈는 자신을 앞에 두고 다른 여자를 마음에 품고 있는 남자를 처음 봐서 살짝 자존심이 상했다.

"알았어. 사막 부족 출신의 시종에게 말이지?"

"응, 부탁할게."

발렌이 잘 부탁한다며 그녀가 나가는 모습을 지켜보았

다. 엘리즈는 걸음을 바삐했다.

*　　*　　*

"황녀님. 대체 어디 계셨던 겁니까! 저희들이 얼마나 놀란 줄 아십니까?"

시종들과 근위 기사들이 우르르 몰려들었다. 드레스가 홍차에 더러워져 마법사 복장을 하고 있어, 다들 그녀가 후드를 벗고 얼굴을 드러내서야 알아볼 수 있었다.

"미안해. 도서관에 한시라도 빨리 가고 싶어서 말이야. 그래서 잠깐 갔다 왔어."

"황녀님. 이곳은 황성이 아니니 조심히 행동하셔야 한다고 몇 번이나 말씀드리지 않았습니까. 황제 폐하께서 이 사실을 알면 저희들은 큰일 납니다!"

"미안해. 내가 잘못했어."

시종들이 쏘아붙이듯 그녀에게 잔소리를 한다. 시종들은 황족을 모시는 일을 하면서 그 행동이 부적합하면 이를 고쳐줄 의무와 권한이 있었다. 때문에 그 권한을 사용해 부적절한 행동으로 찾아오는 위험을 사전에 방지하지 못하면 그들에게도 피해가 갈 수밖에 없었다. 엘리즈도 살짝 기가 죽은 듯 사과를 하기에 다들 그냥저냥 넘어가는 듯 보였다.

그러나 이 상황을 그냥 넘길 수 없는 사람이 있었다.

"화, 황녀님. 방금 어디를 갔다 오셨다고 말씀하셨는지…… 도, 도서관 말입니까?"

제이프가 당황하는 게 눈으로 보일 정도다. 게다가 말까지 더듬고 있었다. 발렌이 자는 모습을 보이지 않으려고 지금까지 시간을 끌었던 건데, 그녀가 갔다 왔다고 하니 당황스러운 것이다. 엘리즈가 미소를 그렸다.

"예. 도서관에 있던 사서가 안내를 해 주었습니다. 발렌시아라고 했던가요? 재밌는 사람이더라고요. 책도 많이 본 것 같고요. 즐겁게 대화를 나눴습니다."

다행히 자고 있는 모습은 안 보인 듯싶었다. 그러나 여전히 불안감은 남는다. 드레스를 입지 않은 그녀에게 무슨 말을 했는지 모르니까.

"혹 발렌이…… 아니, 발렌시아 사서가 무슨 결례를 한 것은 아닌지……."

제이프가 손을 가지런히 모으며 침을 꼴깍 삼켰다.

"아뇨. 정말 유익한 대화를 많이 나눴습니다. 세인브리트 마탑에 오면 재밌게 이야기할 사람이 생긴 것 같아요."

"그, 그렇다면 다행입니다."

딱히 잘못을 저지른 것 같지 않고, 저질렀다고 해도 신경 쓰지 않는 듯 보이니 제이프도 그제야 안심했다.

"저희는 이제 돌아가도록 할게요."

"벌써 말입니까?"

생각보다 너무 일찍 돌아가는 게 아닌가 싶었다. 이제 점심 식사를 할 때인데 벌써 돌아가겠다니. 당연히 의아할 수밖에 없었다.

"예. 원래 이곳에 온 것도 도서관을 구경하기 위해서였으니까요. 어차피 자주 들르게 될 곳이니 오늘은 이 정도로 만족하려고요."

엘리즈가 그렇다고 하니 제이프가 고개를 주억였다. 탑주에게 엘리즈 황녀가 돌아간다고 말해야겠다고 생각하는데, 엘리즈가 그의 생각을 읽기라도 했는지 선수를 쳤다.

"아, 탑주님은 바쁘실 테니 부르지 말아 주세요."

"예, 알겠습니다."

제이프가 공손히 고개를 숙이고, 엘리즈는 곧장 마차에 올라탔다. 마르크 기사단장이 말에 올라타 앞서 이동하고, 그 주위로 기사들이 호위하며 마차가 미끄러지듯 황성으로 향했다. 황성까지는 고작 20여 분. 황성에 금방 도착해 마차에서 내리던 엘리즈가 제시카를 보자 발렌이 전해 달라던 쪽지가 기억났다.

"제시카."

"예, 황녀님."

"도서관 사서가 너에게 전해 달라고 부탁한 게 있어."

"제게 말입니까?"

제시카는 의아한 표정으로 엘리즈를 바라보고, 그녀는 호호 웃으며 쪽지를 건네주었다. 그러다가 문득 어떤 게 그녀에게 줄 종이인지 유심히 바라보았다. 살짝 변질된 종이와 까끌까끌한 종이. 둘 중 어느 것이 제시카에게 주라고 했던 건지 생각하다가, 그녀가 까끌까끌한 종이를 집었다.

'음…… 이거였나?'

엘리즈는 집어든 종이를 그녀에게 건네주었다.

"네게 관심이 많은 모양이던데? 꼭 네게 전해 달라고 했어."

옆에 있던 동료들이 휘파람을 불었다. 제시카에게 관심을 주는 사람이 있을 줄이야. 다들 웃으며 한 번 만나 보라고 옆에서 부추겼다. 제시카는 얼떨떨한 표정을 지었지만, 그래도 일단 받아 들었다.

"어떤 사람이었는지요?"

"음…… 성실하고, 유식한 사람인 데다 언변도 뛰어난 사람이었어."

"그렇습니까?"

"편지는 분명 로맨스 소설에 나오는 것처럼 달콤한 말들이 가득할 거야. 꼭 혼자서 봐. 알았지?"

제시카는 별로 관심 없는 듯하지만, 그래도 황녀를 통해 전달된 쪽지라 버릴 수도 없었다. 제시카는 고개를 가볍게 숙이며 긍정을 나타냈다. 엘리즈가 빙긋 웃으며 황성 안으로 들어와 모두 해산시켰다. 쪽지는 황제에게 잘 다녀왔다고 보고한 후, 확인할 생각이었다.

* * *

제시카는 방으로 들어가 쪽지를 내려놓으며 의자를 끌어다 앉았다.

"나한테 관심을 가진 남자가 있다라……."

그녀는 쪽지를 유심히 바라보았다. 일부러 튀지 않으려고 열심히 노력했는데 어떻게 자신에게 관심을 가졌을까. 사교계에 엘리즈를 따라 나설 때 일부 귀족 나부랭이들이 엘리즈와 잘 안 되니 그녀를 괴롭힐 목적으로 성추행을 하기는 했으나, 이렇게 관심을 갖는 경우는 없었다.

"참 안타까운 일이네."

제시카는 해야 할 일이 있다. 그리고 지금 당장 남자와 사귀거나 할 생각도 없다. 오히려 누군가와 엮이면 발목만 잡힐 뿐이다. 주변 이목을 피하기 위해서는 다른 사람을 충분히 이용할 수 있지만 깊은 관계까지 들어갈 생각은 추호도 없었다.

'혹시 모르니 한 사람은 만들어 둘까?'

이용할 수 있는 사람일 수 있으니 적극 활용하는 것도 나쁘지 않겠다고 생각했다. 게다가 그는 세인브리트 마탑 도서관의 사서이지 않은가. 오늘 일이 실패하지 않겠지만, 혹시라도 실패했을 가능성도 생각해 두고 있었다. 오늘 그녀가 죽지 않는다면 다시 그녀를 죽여야 한다. 하나 엘리즈 황녀는 며칠 후면 세인브리트 마탑으로 들어간다. 그렇게 되면 함부로 그녀를 죽일 수 없다.

세인브리트 마탑은 방범이 매우 철저한 곳이기 때문이다. 함부로 들어가려고 했다가는 뼈도 못 추릴 공산이 컸다. 그러나 발렌이라는 보험을 들면 언제고 들어갈 수 있지 않겠는가. 그를 이용한다면 세인브리트 마탑에 있는 엘리즈를 처치할 수 있을 것이다. 만나 보는 것도 좋을 것 같았다. 그녀의 옆에서 감시하지 못한다고 하더라도 그를 통해서 들으면 그만이니까. 그렇게 생각하며 쪽지를 펼쳐 들었다.

> 리즈. 독살하려는 이는 제시카야. 손수건에 암나르크라는 독을 묻혀 독살하려 했어. 그녀를 조심해.

"……."

제시카가 침묵하며 쪽지를 바라보았다. 그녀는 믿기지 않는다는 표정으로 쪽지를 바라보았다.

'들켰…… 다고?'

말도 안 돼. 자신이 한 일이 들켰다고? 그리고 독의 종류도 알고?

어지간한 사람들은 암나르크라는 단어 자체를 모른다. 암나르크는 뒷 세계에서는 유명한 독이지만, 양지에서는 생소한 이름일 수밖에 없었다. 그런데 독의 이름은 물론, 범인이 자신인 것도 알고, 어떻게 독살하려 했는지도 파악했다니.

'도대체 언제? 황녀하고 같이 있던 도서관 관계자는 도서관장밖에 없었잖아!'

머리가 복잡하다. 도대체 언제 자신의 정체를 알았는지 종잡을 수 없었다. 자신의 정체를 알고 있다니. 지금까지 누구에게도 들키지 않게 정체를 숨겼던 그녀는 상당히 충격적일 수밖에 없었다.

'이놈. 예사 놈이 아니다.'

제시카의 눈매가 날카롭게 변했다.

* * *

자정. 저녁이 되자 도서관에 다시금 적막이 감돌았다. 그 안에서 희미한 불빛에 의지한 발렌이 의자에 등을 기댄 채 앉아 있다.

"일단 준비는 완료되었고…… 그녀가 언제쯤 오려나?"

발렌은 이번에 장만한 단검을 바라보며 한숨을 푹 내쉬었다. 암살을 주업으로 삼는 그녀에게 기습이 통할까 싶기도 하지만, 그래도 없는 것보다 나았다. 설사 들킨다고 하더라도 자신을 지킬 무기가 있다는 것에 안심이 되었다.

'이렇게 하기 위해 도대체 몇 번이나 반복한 걸까?'

이미 수없이 반복했다. 셀 수 없이 많은 일을 겪으며 그는 마음을 다잡았다. 독살자를 반드시 찾아내고 기회가 된다면 자신의 손으로 죽이겠다고. 수많은 죽음을 넘어서 드디어 정상에 도착했다. 힘들었다. 고통스러웠다. 괴로웠다. 그러나 이 영원한 굴레를 벗어날 수 없다. 분명 이것을 평생 반복하게 될 것이다. 자유는 없다. 보나바르의 저주는 그가 풀 수 없다. 어쩌다가 이런 해괴한 저주에 걸린 것인지. 그래도 그 덕분에 이곳에 올라설 수 있었다. 보나바르의 저주가 아니었다면 그는 대역 죄인으로 억울한 죽음을 맞이하고, 그의 가족들도 그것을 피할 수 없었을 테니까.

달달달.

그의 손이 쉴 새 없이 떨렸다. 발렌은 손에 쥐고 있던 단검을 책상 위에 올려 두고 자신의 손을 매만지며 혀를 찼다.

'바보 같은 놈. 아직도 각오가 부족한 거야? 여기까지 와 놓고 살인을 두려워하면 어떻게 해!'

이미 제시카에 대한 복수심이 활활 불타올랐다. 그녀 때문에 자기가 이렇게 생고생을 하게 되었다. 수십 번의 죽음. 그중 자신은 죽음을 피해간 적도 있지만, 엘리즈는 반드시 죽게 되어 있다.

그리고 그 결과에 도달해 마무리만 남았다. 이제 찾았으니 내일로 넘어갈 수 있을 것이다.

'이제 슬슬 시간이 되었다.'

제시카에게 준 쪽지는 오늘 밤 중앙 광장 분수대에서 만나자는 것이었다. 그녀가 승낙한다면 이곳에 나올 것이고, 발렌은 기회를 봐서 그녀를 기습할 것이다.

웨에에엥—!

밖이 소란스럽다. 엄청난 경보음이 마탑 전체에 울려 퍼지는가 싶더니, 갑자기 바람이 몰아쳐 랜턴의 불이 꺼졌다. 곧 그의 목 언저리에 차가운 날붙이가 얹어졌다.

"움직이지 마."

'또 이런 전개야?'

발렌이 인상을 찌푸렸다.

누가 이런 짓을 하고 있는 것인지 안 봐도 뻔했다. 제시카였다. 그녀가 마탑 내부에 침입해 오다니. 분명 그녀를 속이기 위해 쪽지도 줬건만! 그러나 이번에는 좀 달랐다. 저번에는 검은색 복장으로 무장했던 그녀가 이번에는 시종 옷을 그대로 입고 온 것이다. 그만큼 급히 왔다는 의미이리라.

'황녀님이 헷갈려서 다른 걸 건네준 건가?'

그런 가능성은 미리 고려해 두었다. 만일 황녀에게 준 쪽지가 제시카에게 갔다면 이리 되었을 것이라 예상한 것이나. 결국 변하지 않는구나 싶었다. 다음번 타임 리프에는 신신당부를 하자고 생각하고 있을 때였다.

죽지 않고 암살자를 처단하라.

머릿속에 또다시 누군가의 목소리가 울려 퍼졌다. 순간 그의 머리가 하얗게 변했다.

'뭐, 뭐라고?!'

발렌이 뭔가 잘못 들은 건가 싶었다. 죽지 않고 그녀를 처단하라니? 그럼 여기서 자신이 죽거나 그녀를 처단하지 못하면 어떻게 된다는 소리인가? 문득 불안한 생각이 들었을 때였다.

"어떻게 알아낸 건지 모르지만, 말해 줄 생각이 없는 것 같구나."

어둠 속에서도 그녀의 얼굴이 붉으락푸르락 변하는 것이 보이는 것만 같았다.

달칵! 달카닥!

몸을 부르르 떨자 그녀의 검도 같이 떨리며 공명이 일어났다. 이변이 일어난 순간, 그가 직감했다.

"젠장, 무투기라니!"

본능적으로 허리를 젖히자, 아슬아슬하게 그녀의 검이 목을 스치고 지나갔다. 용병이던 아버지가 간간히 무투기를 다루는 것을 본 적 있다. 그 덕분에 그녀가 무투기를 사용하기 직전임을 짐작할 수 있었다.

그녀의 몸에서 아지랑이처럼 빛이 떠오른다. 어둠 속에서 유일하게 그녀만이 빛을 발하고 있었다. 동시에 그녀의 검은색 눈동자가 그를 잡아먹을 듯 번들거렸다.

"감히 날 불러낼 생각을 하다니. 얼마나 잘났는지 한번 실력을 볼까?"

오랜만에 죽음의 공포가 다시금 그를 향해 몰아쳤다. 죽음의 위협을 느낀 발렌이 책장에서 책을 뽑아 그녀에게 던졌다. 제시카는 순식간에 검을 휘둘러 책을 양단해 버렸다.

그리고 정면을 바라보았는데, 발렌이 사라지고 없었다.

"나랑 숨바꼭질을 하자고?"

그녀가 흥얼거리며 입을 열었다.

"꼭꼭 숨어라, 더러운 목 베일라~"

* * *

"자, 잘못 줬다."

황제에게 잘 다녀왔다고 보고하고 한참 후, 다시 방에 돌아온 엘리즈는 쪽지를 보고 당황할 수밖에 없었다. 그녀가 펼친 쪽지는 제시카를 칭찬하고, 구애하는 내용뿐이었기 때문이다. 오늘 저녁 중앙 광장 분수대 앞에서 기다릴 테니 생각이 있거든 나와 달라는 정중한 부탁도 함께 있었다.

"큰일 났네. 발렌이 쪽지를 혼자서 읽으라고 했는데."

그녀가 제발 보지 않았기를 바라며 엘리즈가 급히 자리에서 일어나 시종들이 생활하는 숙소로 직접 발걸음을 옮겼다. 시종들의 숙소는 엘리즈로 인해 순식간에 소란스러워졌다.

"화, 황녀님!"

"예까지 어인 일로……."

시종들은 숙소에 아무 말 없이 엘리즈가 찾아오니 크게

당황할 수밖에 없었다. 시종장이 앞으로 나와 그녀를 맞이했다. 그 뒤에 있는 모든 시종들이 고개를 숙였다.

"제시카의 방은 어디죠?"

"제시카 시종의 방은 왼쪽 복도 끝에서 두 번째 방입니다만……."

제시카의 방 위치를 알아낸 엘리즈가 곧장 그곳을 향해 발걸음을 내디딘다. 그리고 방문 앞에 온 그녀가 노크를 했다.

"제시카. 안에 있니?"

"……."

안에서 아무런 대답이 없었다. 벌써 자고 있을 리는 없고, 엘리즈가 문을 열고 들어갔다. 방 안은 처참함 그 자체였다. 이곳저곳 어질러진 모습. 이를 보고 엘리즈가 기가 막힌 듯한 표정을 지었다. 마치 도둑이 든 것처럼 엉망이지 않은가.

"제시카가 원래 이렇게 생활하나요?"

시종장에게 물으니 그녀가 고개를 저었다.

"원래 이렇게 생활하는 아이는 아닙니다만……."

시종장도 제시카의 방을 보고 놀랄 수밖에 없었다. 시종 두 명이 생활하는 방. 그중 제시카의 방은 다른 곳들보다 깨끗이 정돈되어 있는 곳이다. 워낙 치우는 것을 잘하고,

어질러지는 것을 잘 보지 못하기에 제시카의 방은 불시에 찾아가도 늘 깨끗했다.

엘리즈는 주변을 둘러보다가 곧 책상에 놓인 뭔가를 발견했다. 그곳에 놓인 것은 그녀가 잘못 건네준 쪽지가 있었다. 펼쳐진 채로 방치되어 있는 것을 보니 이미 읽은 듯싶었다. 엘리즈가 곤란한 표정으로 쪽지를 읽는데, 곧 눈이 동그랗게 떠졌다.

'내가 황녀라는 걸 알고 있었어?'

그가 황녀에게 전해 달라고 했던 쪽지다. 그런데 마치 자신이 황녀라는 걸 알고 있었다는 듯한 내용이었다.

놀란 것은 그것만이 아니다. 자신을 독살하려는 이가 제시카이고, 그녀를 조심하라는 내용이다. 간략한 내용의 쪽지. 순간 자신이 읽은 분수대 앞으로 나오라는 내용의 쪽지가 생각났다. 조심하라던 인물을 만나려고 하다니. 도대체 무슨 생각인지 모르겠다는 표정이다.

'설마…… 혼자서 그녀를 해치우려고 하는 거야?'

그런 생각을 하다가 그녀가 다급히 소리쳤다.

"시종장, 제시카는 어디에 있죠?"

"잠시 숙소 밖에 나갔습니다만……."

"제시카, 제시카!"

엘리즈의 얼굴이 사색이 되며 다급히 제시카를 찾았다.

발악의 결과 161

복도를 정신없이 뛰어다니며 외치는 엘리즈의 목소리에 근방에 있던 시종들이 우르르 몰려왔다.

"황녀님. 여기서 이러시면 아니 됩니다!"

시종들이 헐레벌떡 그녀의 앞에 섰다. 그리고 화들짝 놀랐다. 평소의 엘리즈로 볼 수 없을 정도로 망가진 모습으로 복도에 서 있었기 때문이다. 신발이 벗겨진 것도 모르고 맨발인 데다 옷 또한 흐트러진 상황이었다.

"황녀님, 몸을 정갈히 하십시오!"

시종들이 달라붙어 그녀의 흐트러진 옷을 정리해 주려고 했지만, 그녀가 제지했다.

"제시카가 어디에 있는지 아는 사람 없나요?"

시종들이 서로를 바라보았다. 그러나 아무도 모른다는 듯 고개를 저었다.

"무슨 일로 제시카를 찾고 계시는 지 여쭤 봐도 되겠습니까?"

"지금 그럴 시간 없어요. 빨리 대답하세요."

그녀의 고압적인 말에 시종들이 한 발자국 뒤로 물러났다. 그녀가 이렇게까지 말하는 경우는 없었다. 한 시종이 의아한 표정으로 손을 들었다.

"제시카는 잠시 볼일이 있다고 하고 잠시 황성 밖에 나갔다 오겠다고 말하고서 사라졌습니다."

"무슨 볼일로 황성 밖에 나간 거죠?"

"저도 잘 모르겠습니다. 제시카가 말해 주지 않았습니다. 그저 엘리즈 황녀님의 명을 받았다고만……."

시종이 그녀의 눈치를 보았다. 엘리즈가 화들짝 놀랐다. 그녀는 제시카에게 그런 명을 내린 적이 없었다. 황성 밖으로 나서라고 할 이유도 없었다. 이것은 제시카의 독단 행동이었다. 휴가가 아닌 한 시종들은 절대로 황궁 밖으로 나갈 수 없으며, 명을 받은 게 아닌 이상 독단 행동을 할 수 없었다.

'설마 정말 제시카가?!'

그녀는 흠칫 몸을 떨었다. 만약 그녀가 정말 독살을 하려던 자객이라면? 분명 발렌을 입막음하기 위해 황성 밖으로 나갔을 확률이 컸다.

"큰일 났어요. 얼른 제시카를 붙잡아야 해요. 기사, 근위 기사들을 불러 주세요! 그들을 보내야 해요!"

"그런 말씀을 하셔도……."

시종들은 난감한 표정을 거두지 못했다. 근위 기사들을 움직일 수 있는 건 오직 한 명, 황제뿐이었다. 황제의 명령이 아닌 이상 근위 기사들은 제아무리 엘리즈 황녀가 그 핏줄이라고 하더라도 절대 움직이지 않을 것이다.

"무슨 일이기에 군대를 움직여야 한다고 소란스럽게 하

는 것이냐, 엘리즈."

"황제 폐하!"

시종들이 황제가 나온 것을 보고 당장 자세를 낮췄다. 황제는 숙소 근처까지 이어진 산책로를 걷다가 그녀의 목소리를 듣고 들어와 본 것이다. 그녀가 다급히 소리쳤다.

"아바마마. 지금 당장 기사단을 소집해서 세인브리트 마탑으로 보내셔야 합니다. 지금 발렌이 위험해요!"

"발렌? 발렌이 누구더냐?"

황제가 처음 듣는 이름에 그녀에게 질문했지만 엘리즈는 대답도 하지 않은 채 발만 동동 구르고 있었다. 지금까지 그녀가 이렇게 불안해하는 경우는 단 한 번도 없었다. 그러나 금지옥엽 키운 딸이지만 무작정 기사들을 움직일 수도 없는 노릇이다. 이런 야밤에 기사들을 움직이기 위해서는 이유가 있어야 했다.

"제가 독살을 당할 것이라 제보했던 이입니다. 그가 위험합니다! 그가 자객에게 노려지고 있어요!"

그녀의 말에 황제의 눈이 동그랗게 떠졌다.

* * *

콰과광!

도서관의 책장이 부서지며 그 파편이 사방으로 날아간다. 발렌이 몸을 낮게 낮추며 손으로 머리를 보호했다.

'도서관에 방음이 잘 되는 것이 이렇게 원망스러울 줄이야!'

도서관 내부는 엄청나게 소란스러운데 정작 이곳으로 오는 경계병들은 없었다. 침입자 경보음을 단순히 마법 오작동으로 판단한 듯, 다시 밖은 평화로워진 모양이다. 방음이 잘 되지만 않았더라면 밖에 대기하고 있던 경계병들이 들어와 이를 알렸을 텐데.

"여기도 아니었네? 이놈의 도서관은 왜 이렇게 복잡한 거야? 아니면 벌써 머리가 터져서 죽은 거야?"

제시카가 살벌한 말을 하며 도서관 주위를 돌아다닌다. 그러나 도서관 내부는 상당히 복잡하다. 그가 사각지대를 찾아다니며 최대한 그녀의 눈을 피해 도서관 밖으로 나가 사람을 불러내려는 시도도 했다. 그러나 그녀는 그렇게 쉽게 퇴로를 열어 주지 않았다.

'젠장. 퇴로도 막아 놨네.'

제시카는 어느새 부서진 책장들로 입구를 막은 채 도서관 내부를 돌아다니고 있었다. 아마 밖에서 도서관 내부의 이상을 감지해도 쉽게 들어올 수 없을 것이다. 발렌은 최대한 허리를 낮추고 그녀의 눈을 피해 최대한 시간을 벌고 있었다. 그러나 제시카와 점점 거리가 가까워지고 있었다.

발렌은 호신용으로 쓸 단검을 찾았지만, 아쉽게도 그가 가지고 있던 단검은 책상 위에 올려져 있는 상태였다. 쓸 만한 것이 없을까 생각해 주머니를 뒤지는 순간 뭔가가 만져졌다. 완드였다. 이 빌어먹을 완드는 왜 여전히 자신의 주머니 속에 있는 건지. 분위기 파악 좀 하라며 애꿎은 완드에게 속으로 욕했다.

'이왕 줄 거면 마검을 주지. 왜 내게는 쓸모도 없는 완드를 준 거야.'

마나를 다루지 못하는 이라도 마검이 있으면 강한 힘을 발휘할 수 있었다. 마검 본래의 힘을 사용자의 의지대로 쓸 수 있기 때문이다. 그러나 완드는 다르다. 완드는 마법사들이 마법을 다룰 때 좀 더 원활하게 사용할 수 있도록 돕는 도구일 뿐이다. 마법을 쓰지도 못하는 자들에게는 애물단지일 뿐이다.

"이봐, 난 여유롭게 있을 시간 없어. 널 얼른 죽이고 황녀도 마저 죽여야 하거든? 그래야 돈을 제대로 받아서 말이야."

그녀는 아예 오늘을 결행일로 잡았던 모양이었다. 발렌은 눈살을 찌푸렸다.

'돈 때문에 황녀를 죽이겠다고? 단단히 미쳤잖아.'

시종으로 일하고 있던 모습은 누가 봐도 손색이 없을 모습이었는데, 지금 저 대사를 들으니 제정신이 아닌 사람인 것 같았다.

돈을 받기 위해 황녀를 죽인다? 자신과 너무도 거리가 먼 일이었다. 어둠의 세계에서 일하는 사람과 직접 만나게 될 줄은 상상도 못했다.

여기에 있으면 자신이 죽고, 그렇다고 달아나면 엘리즈가 위험하고.

'젠장. 지금까지 죽어도 다시 리셋 되더니, 이번에는 왜 죽지 말라는 건데!'

이 바보 같은 상황이 참으로 애석했다. 죽지 말라고 하는 것에는 분명 이유가 있을 터. 죽음에 대한 공포가 미미해졌던 그가 다시 한 번 죽음의 공포가 무엇인지 인식했다.

"끝까지 안 나오겠다 이거지?"

제시카의 칼날이 달빛에 반사되며 빛이 났다.

'아니, 저건 달빛이 아니야!'

무투기다. 그녀가 검을 휘두르자 강렬한 힘이 책장을 산산이 부숴 버렸다. 발렌은 바닥에 바짝 엎드리고, 고개를 들어 올렸다.

'미, 미친!'

만일 자세를 바짝 낮추지 않았더라면 육체가 박살 날 뻔

발악의 결과 167

했다. 그의 앞에 있는 책장까지 산산이 조각난 모습에 보통 실력자가 아님을 깨달았다.

뚜벅.

귀를 강하게 파고드는 발소리를 듣자 등줄기에 식은땀이 흘렀다. 그가 옆을 바라보니 빙긋 웃으며 시미터를 손에서 빙글빙글 돌리고 있는 제시카를 발견할 수 있었다.

"여기 있었네?"

쭈그려 앉아 머리를 보호하고 있던 발렌과, 그런 발렌을 발견한 제시카의 눈이 마주쳤다. 그녀의 미소가 얼마나 살벌한지 몸이 떨렸다. 발렌이 벌떡 일어나 달아나기 시작했다.

"숨바꼭질에 이어 술래잡기야?"

제시카가 그의 뒤를 바짝 쫓았다. 그는 문을 열어젖히며 2층으로 향했다.

'멍청하구나.'

달아나려면 창문으로 나가는 게 그나마 가능성 있을 텐데. 2층으로 올라가면 더 희망이 사라진다. 애초에 창문으로 향하면 그녀가 즉시 칼을 날려 쓰러뜨렸겠지만. 그가 3층으로 향하는 문 앞에 멈춰 섰다. 자물쇠가 걸린 문 앞에서 발렌이 다급히 뒤를 돌아보았다. 그곳에는 제시카가 서 있었다.

"이제 술래잡기도 끝났네?"

그가 주머니에 있는 완드를 꺼냈다. 의지할 수 있는 게 쓰지도 못하는 완드 밖에 없다니. 발렌이 침을 꼴깍 삼켰다.

"한 발자국만 더 앞으로 오면 같이 자폭할 줄 알아."

"마법을 쓰겠다는 거야? 그럼 써 봐. 캐스팅이 끝날 때까지 기다려 줄게."

"……뭐?"

너무 담담하게 써 보라고 말하자 오히려 발렌이 당황했다. 제시카가 흐트러진 머리를 손으로 빗으면서 그에게 눈을 떼지 않았다.

"써 보라고. 왜 지금까지 안 썼던 거야? 날 좀 더 즐겁게 해 봐. 아니면 쓸 수 없는 이유가 있는 거야? 예를 들어 마법을 쓸 수 있다는 건 거짓말이었다던가."

발렌이 흠칫 어깨를 떨었다. 그 작은 행동을 놓칠 리 없는 제시카의 입꼬리가 귀까지 걸어졌다.

"정답이었던 모양이네?"

마법을 쓰지 못한다면 딱히 위협적인 요소는 없다. 제시카도 나름 허세를 부리며 간을 재 봤던 건데, 정확히 먹힌 것이다. 발렌이 침음하며 뒤로 물러났다. 제시카도 그가 뒤로 물러날 때마다 한걸음 앞으로 내디뎠다.

턱!

뒤로 물러나던 발렌의 등에 책장이 닿았다. 더 이상 갈 곳이 없었다. 제시카가 더 가까이 다가오자, 발렌이 그녀의 눈을 향해 완드를 찔렀다.

"이야앗!"

제시카가 손을 휘둘러 그의 완드를 옆으로 쳐 냈다. 그의 완드가 도서관 바닥에 아무렇게나 나뒹굴었다.

퍽!

곧 그녀의 주먹이 발렌의 복부를 강타했다. 겉으로 보이는 것과 달리 제시카의 완력은 상상 이상이었다. 발렌이 배를 움켜잡고 무릎을 꿇었다.

"뭘 하려나 했더니. 고작 그거였나?"

그녀에게 걷어차인 발렌이 몇 바퀴 데굴데굴 굴러갔다. 제시카가 그의 몸 위에 올라타며 시미터를 다시 목에 겨누고 얼굴을 가까이 들이밀었다. 그녀의 입이 발렌의 귀 바짝 가까이에 다가왔다.

"겁에 질린 그 얼굴, 정말 내 취향이야."

"서, 성적 취향이 참 독특하네."

"남들은 이해하지 못할 취향이지."

이런 상황이 아니었다면 좋아했을 일이겠지만, 자신을 죽이려는 여자가 이러고 있으니, 좋아하려고 해도 좋아할 수 없었다.

"근데 네가 이럴 시간이 있으려나 몰라?"

발렌이 마지막 발악을 하듯 말했다. 그러나 제시카는 가소롭다는 듯 피식 웃을 뿐이다.

"난 되도록 고통을 최소한으로 편안한 죽음을 주는 편인데, 넌 쉽게 그럴 수 없을 것 같아서 말이야. 일단 어떻게 알아냈는지 말해 줘야겠어. 말하는 게 신상에 좋을 거야. 말할 때까지 손가락하고 발가락을 베어 버릴 거니까."

"전부 싫다고 해도 네 마음대로 정할 거잖아?"

"정답. 역시 똑똑하니 이런 상황에서도 입은 잘 놀리는구나?"

툭툭.

그녀가 구부러진 칼등으로 그의 머리를 가볍게 툭툭 쳤다. 그가 저항을 해 봤자 자신에게 안 된다는 것을 알기에 여유를 부리는 것이다.

"그런데 암나르크를 사용하려던 놈이 편안한 죽음을 주는 편이라니. 언어도단 아니야?"

"나도 쓰기는 싫은데, 의뢰자가 최대한 고통스럽게 죽여 달라고 해서 말이지. 난 그것을 충실히 이행하고 있을 뿐이야."

제시카가 어깨를 으쓱이며 손가락 밑에 시미터를 들이민

다. 발렌이 이를 보고 흠칫 떨었지만, 냉정히 달아날 꾀를 생각했다.

"좋아. 나도 이렇게까지 기회를 준 너에게 선택할 기회를 주도록 하지."

그가 뭔가 결연한 표정을 짓고 있었다. 제시카는 피식 웃어 보였다.

"또 허세야? 난 허세 있는 남자는 싫더라."

"이번에는 허세가 아니야."

발렌이 씩 웃었다. 정말 믿는 구석이 있는 것처럼 보였다. 제시카의 미간이 좁아졌다.

"내가 왜 2층까지 올라왔다고 생각해?"

또 다른 무슨 한 수가 있는가 생각이 들었지만, 그는 마땅히 들고 있는 게 없었다.

"왜냐하면. 이 문 너머는 3층이거든. 마탑의 마법사들만이 들어갈 수 있는 곳이라는 거지."

제시카는 그게 뭐 어쨌냐는 듯한 표정이다. 오히려 그걸 말해 줘 봤자 자신은 탈출할 곳이 더 이상 없다고 알리는 꼴이지 않는가.

"왜? 여기에도 침입자 경보 알람 마법이라도 있나 보지? 그런데 이걸 어쩌지? 난 그게 울리면 바로 널 죽이고 엘리즈 황녀를 죽이러 갈 건데?"

탈출하는 건 그다지 어렵지 않다는 듯 말하는 제시카. 확실히 마탑 경비를 뚫고 이곳에 왔다면 분명 실력이 있다는 뜻이리라. 이곳에서 탈출하면 그다음부터는 쉽다. 문제는 엘리즈를 죽이고 황성을 달아나는 것인데, 이미 퇴로는 확보까지 해 둔 상황이다.

"반은 맞았지만, 반은 틀렸어."

발렌은 여전히 두려움으로 인해 몸을 떨고 있었지만, 입은 여전히 살아 있었다.

"내가 이런 상황에 쓰는 말을 하나 알려 줄까? 궁지에 몰린 쥐가 고양이를 깨문다."

그 말과 함께 발렌이 팔을 뻗었다. 그녀의 눈으로 향하는 그의 손. 그저 한 방 먹이려는 발악이다. 제시카는 여유롭게 거리를 재며 살짝 뒤로 빼는데, 그 짧은 순간에 그의 손에 들려 있는 뭔가를 발견했다.

'완...... 드?'

발렌은 이것을 노렸다. 보나바르가 남긴 완드는 어디에 버려도 어느새 주머니에 쏙 들어와 있다. 잃어버려도 다시 자신에게 돌아오는 것이다. 이를 알았다면 제시카도 이렇게까지 방심하지 않았을 것이다. 완드는 그녀의 눈과 점점 가까워지고…….

콱!

"꺄아아악!"

그녀가 자신의 눈을 붙잡으며 비명을 질렀다. 발렌은 눈살을 찌푸렸다. 사람의 눈에 완드를 박는 게 그렇게 썩 유쾌한 일은 아니기 때문이다. 애초에 그는 동네 친구들이랑 싸웠던 적은 있어도, 누군가를 심하게 상처 입히려고 했던 적은 없었다. 그러나 여기서 망설일 틈은 없었다.

'기회다!'

그녀가 고통에 울부짖을 때, 발렌이 발로 그녀를 걷어차고는 3층으로 향하는 문손잡이를 돌렸다.

웨에에엥―!

허가되지 않은 이가 열려고 하면 울리게 되어 있는 침입자 경보 알람 마법. 이 도서관의 사서인 발렌도 예외는 아니다. 그가 문을 열려고 하는 즉시 마법이 발동했다. 도서관 내부는 물론 외부까지 울려 댔다. 발렌은 그 즉시 창문을 향해 몸을 날렸다.

'난 몸으로 직접 뛰는 사람은 아니지만 지금은 물불 가릴 때가 아냐!'

와장창!

창문이 깨지며 그가 낙하했다. 아무런 준비도 하지 않고 2층에서 뛰어내린 발렌. 낙하하는 방법이 좋지 못했는지, 그의 발이 꺾이며 앞으로 넘어졌다. 어찌나 세게 땅에 팔을

찢었는지, 옷이 찢어지고, 살이 쓸렸다. 피가 배어 나오고 있었지만 어금니를 꽉 깨물었다. 몇 차례 죽을 만큼의 고문도 겪어 보지 않았던가. 이 정도는 아무것도 아니었다.

"거기 누구냐!"

갑작스러운 소란에 경계병들이 창을 겨누며 횃불을 가까이 대고 다가왔다. 곧 그들은 부상을 입은 발렌을 발견했다.

"……발렌? 이게 무슨 일이냐?"

사서로 일하고 있는 발렌이 갑자기 창문으로 뛰어내린 것에 의아함을 감추지 못하는 경계병들. 그가 소리쳤다.

"침입자! 안에 침입자가 있어요! 어서 사람을 부르세요!"

그가 안에 침입자가 있음을 알렸다. 경계병 중 한 명이 재빨리 이동하려는데, 도서관 쪽으로 오고 있는 다수의 무리를 볼 수 있었다.

"그, 근위 기사?!"

갑작스러운 근위 기사들의 등장에 경계병들이 당황해했다. 근위 기사들이 이런 야밤에 갑자기 왜 왔다는 말인가! 놀란 것은 발렌도 마찬가지였다.

"발렌! 무사해?"

근위 기사들 사이에서 아름다운 금발의 여성이 그에게 달려왔다.

"리즈…… 아니, 황녀님?"

발렌이 눈을 끔뻑거리며 그녀를 바라보았다. 여기에 엘리즈가 왜 온 것인지 이해를 하지 못했다.

"제시카가 황성 밖으로 나갔다 하니 걱정이 돼서 왔어. 다행히 무사했구나."

탁!

가볍게 착지하는 소리와 함께 모두의 시선이 그쪽으로 향했다. 그리고 곧 수많은 근위 기사들을 목격했다.

"뭐야, 다 들킨 거야?"

제시카였다. 그녀가 완드를 뽑아내 옆으로 던졌다. 그녀가 칼을 든 모습에 엘리즈가 경악을 감추지 못했다.

"말도 안 돼…… 제시카. 당신이 정말 자객이었어?"

"쯧."

제시카는 무심한 표정으로 엘리즈 황녀를 바라보더니 혀를 찼다.

아무리 그녀가 뛰어난 자객이라고 해도 다수 앞에서는 무용지물이었다. 근위 기사들이 방패를 앞세우며 그녀를 포위했다.

어쩌다 일이 이렇게 된 건지. 아무리 생각해도 모를 일이다. 그러나 확실한 건 발렌 저 자가 모든 계획을 망쳤다는 것뿐.

"무기를 버리고 투항하라!"

마르크가 소리치며 그녀에게 투항을 권고했다. 그러나 제시카는 조롱하듯 웃었다.

"투항? 내가 투항할 거라고 생각했어?"

그 순간, 그녀의 주위로 거친 바람이 몰아치기 시작했다.

"조심하세요! 그녀는 방출계 무투기 사용자……!"

그러나 그가 말을 채 끝내기도 전에 그녀의 무투기가 발동되었다. 그녀 주위로 몰아친 바람이 사방으로 터져 나가며 돌풍을 만들어 냈다. 방패를 앞세웠던 기사들이 강렬한 바람에 이기지 못하고 우르르 넘어졌다. 어떤 기사는 손에서 무기를 놓쳤다. 그 무기가 돌풍에 날아가 발렌의 발치에 꽂혔다. 갑옷의 무게 때문에 쉽게 일어나지 못하는 그 틈에 제시카가 신형을 날렸다.

그녀가 노리는 사람은 바로 엘리즈! 어찌나 빠르게 다가오는지 기사들이 움직여 그녀를 보호할 틈도 없었다. 제시카의 시미터가 엘리즈의 심장을 향해 나아간다. 모두가 경악하고 있을 때, 이변이 일어났다. 이를 본 발렌이 다급히 몸을 날려 그녀를 옆으로 밀친 것이다.

푹!

날카로운 칼날이 발렌의 옆구리를 파고들었다. 직접적으로 칼날이 몸 깊숙이 들어온 것은 체험해 본 적이 없는 발렌. 상상을 초월하는 고통에 기절할 것 같았다. 그러나 여기서 쓰러질 수 없었다.

제시카의 미간이 좁아지며 시미터를 뽑아내려고 했지만…… 어디에서 이런 힘이 나오는 것인지, 그녀가 힘을 줘도 쉽게 빠지지 않았다. 발렌은 그녀의 팔목을 붙잡고 끝까지 놓지 않았다.

푹!

순간, 제시카의 입에서 피가 왈칵 쏟아졌다. 발렌이 자신의 바로 앞에 꽂힌 검을 주워 그녀의 배에 찌른 것이다. 제시카가 살기등등한 눈으로 그를 노려보았다. 그러나 발렌은 그녀의 눈빛을 피하지 않고 당당히 마주치며 말했다.

"내가…… 말했지. 궁지에 몰린 쥐가…… 고양이를 문다고."

"끝까지…… 방해나 하고…… 빌어먹을 녀석……."

결국 엘리즈를 죽이지 못했다는 것에 대한 원망이 담긴 말과 함께 제시카가 옆으로 쓰러졌다. 그의 복부에 박혀 있던 시미터도 뽑혀 나왔다. 곧이어 발렌도 힘을 잃고 쓰러졌다.

"어, 어서 사제들을 부르세요! 어서!"

엘리즈의 다급한 목소리와 함께 점점 의식이 희미해지며 어둠에 잠겼다.

Chapter 06
공적

<마법>

마나를 체내에 쌓고, 그 힘을 자신의 의지로 방출시켜 초자연적인 힘을 내는 것. 마법의 종류는 보편적으로 속성 마법이 가장 유명하며 그 외에 잘 알려지지 않은 마법도 다수있다.

―『마법 초심자를 위한 기본 개념』2p 발췌―

* * *

세인브리트 마탑에 침입자가 나타나 도서관 내부를 엉망

으로 만들었고, 그 침입자는 사실 엘리즈 황녀를 죽이기 위해 잠입한 자객이었다는 소식은 황성뿐만 아니라 세인브리트 전역에 삽시간에 퍼졌다. 수많은 사람들의 입에 오르내리는 엄청난 소문.

이로 인해 황성 내부에 불순분자가 더 있을 수 있으니 황제가 의심스러운 자가 있으면 조속히 조사하라는 명을 내렸다.

그러는 한편, 그 자객에 맞서 자신의 손으로 직접 처단한 발렌은 햇살을 받으며 천천히 눈을 떴다. 그는 주위를 둘러보았다. 자신이 덮고 있는 이불하며, 푹신푹신한 침대와 부드러운 침대 시트. 그리고 바닥에 깔려 있는 양탄자. 결코 서민들은 꿈도 못 꿀 고급스러운 사치품도 방 구석구석 놓여 있었다.

'여기는 귀족의 저택인가?'

실제로 귀족의 저택에 가 본 적은 없지만, 대충 들은 것과 다를 바 없는 것 같았다. 발렌은 주위를 둘러보다가 자신이 왜 여기 있는지, 무슨 일이 있었는지 떠올렸다가 흠칫 놀랐다.

"도서관이 아니라는 건…… 설마……!"

죽지 않고 자객을 처단하라는 임무를 완수한 것이 아닐까 그런 생각이 들었다. 만일 평상시대로 돌아왔다면 도서관 대청소 날로 돌아왔을 테니까. 그의 얼굴에 미소가 그려졌다. 드디어 그 지옥의 3일째 날을 넘어온 것이다.

드디어 4일째로 넘어왔다는 기쁨을 주체하지 못하고 있는데, 그제야 문득 그가 의문을 표했다.

"그럼 내가 왜 여기에 있지?"

매일 딱딱한 도서관 숙직실 침대나 책상에 엎어져 자다가 아침을 맞이하던 그에게는 상당히 괴리감 있는 곳이 아닐 수 없었다. 여기가 어딘지도 모르겠고, 왜 여기 있는지 감이 오지 않았다. 그런 의문이 들 때였다. 갑자기 방문이 열리며 누군가가 들어왔다. 백발의 노인이다. 그러나 허리를 곧게 펴고 위풍당당하게 들어오는 그 모습은 상당히 기품이 흐르다 못해 넘쳤다. 노인이 발렌에게 미소를 짓더니 가슴에 손을 얹고 가볍게 고개를 숙였다.

"일어나셨습니까, 발렌시아 님?"

엘리즈를 보좌하던 시종들과 흡사한 옷차림. 고급 원단을 사용한 것이 차이점이라면 차이점이다. 이 노인은 단 한 번도 본 적 없는 사람이었다. 그리고 왜 이런 사람이 자신에게 이렇게 깍듯이 예의를 갖추는지 전혀 모를 일이다.

"……누구세요?"

"제 이름은 마셀 드렌, 황제 폐하의 보좌관입니다."

황세의 보좌관이라는 말에 발렌의 눈이 크게 떠졌다. 황제 바로 옆에서 잡무와 여러 가지 명령을 이행하는 것이 바로 황제의 보좌관. 최측근이라고 해도 과언이 아닌 엄청난 사람이다.

"모, 몰라 뵈어 죄송합니다."

최측근인 만큼 그 영향력도 장난이 아닐 것이다. 발렌이 살짝 두려워하며 눈치를 보고 있는데, 마셀이 허허 웃었다. 어렸을 적 봤던 고향 옆집 할아버지의 푸근한 미소와 너무 닮아 있어서 넋을 놓고 바라봤다.

"괜찮습니다. 전 황제 폐하께 발렌시아 님을 정중히 모시라는 명을 받고 발렌시아 님을 보필하는 중입니다. 편하게 말씀해 주시지요."

"황제…… 폐하께서요?"

발렌은 문득 고문을 받다가 도중에 들어와 엘리즈의 죽음을 보고 죽일 듯 자신을 노려보았던 황제의 분노가 떠올랐다. 지금 다시 생각해도 몸이 절로 떨릴 정도다.

"예, 황제 폐하께오서는 발렌시아 님께서 엘리즈 황녀님을 구해 준 은인이니 잘 보필하라 제게 직접 명하셨습니다. 이곳에 머무시는 동안 저와 시종 세 명이 돌아가며 발렌시아 님을 보필할 겁니다."

"그, 그런가요?"

발렌이 얼떨떨한 표정을 숨기지 못했다. 참으로 극진한

대접이 아닐 수 없었다. 오히려 부담스러울 정도였다. 그러다가 문득 발렌은 그의 말에서 뭔가를 발견했다.

"잠깐, 이곳이라니요? 그러고 보니 여기는 어디죠?"

마셀이 다시금 푸근하게 허허 웃으며 대답했다.

"이곳은 황성으로, 발렌시아 님께서는 손님방에 머물고 계십니다."

그 말에, 귀족 저택에조차 한 번도 가 본 적 없는 발렌의 턱이 빠지도록 입이 크게 벌어지고야 말았다.

* * *

"생전 인연도 없을 황성에 들어와 보다니……."

발렌은 창문 밖으로 내다보이는 광경을 보고 자신이 정말 황성에 있다는 것을 다시금 깨달았다. 황성 앞으로는 넓은 정원이 펼쳐져 있고, 그 정원을 통해 많은 사람들이 돌아다니고 있는 것이 보였다. 황성을 지키는 근위 기사들과 보조들. 그리고 황성 곳곳을 관리하는 시종들과 황제를 알현하기 위해 찾아온 귀족들까지.

"이건 진짜 내 평생의 자랑이겠다."

마을 사람들에게도 크게 자랑할 수 있는 일이다. 세인브리트 마탑 도서관의 사서가 된 것도 평생의 자랑으로 남을 일인데, 평민이 황성 안으로 들어와 극진한 대접을 받다니. 이건 대대손손 자랑해도 부족하지 않을 정도의 영광이다.

"누명을 쓴 대역 죄인에서 공적을 세운 이가 되다니. 세상은 참 알다가도 모를 일이네."

이번만큼은 보나바르에게 조금 고맙기는 했으나, 그간의 고생을 생각하면 그 고마움도 금방 사라져 버렸다. 어쨌거나 보나바르 마법서 때문에 수없이 괴롭고 억울한 죽음을 몇 번이나 마주해야 했던가. 지금도 다시 이 일을 반복하라고 하면 치가 떨릴 것이다.

'일단 당분간은 안전하겠지? 보나바르의 저주에서.'

보나바르 본인은 축복이라고 말하고 있지만, 그에게 있어서는 이미 저주로 자리 잡힌 지 오래다. 어쨌거나 보나바르의 쪽지에 의하면 이 마법은 평생을 따라다닌다고 하지 않았는가. 수명이 다할 때거나, 모든 임무를 완수할 때가 되어서야 이 저주에서 해방될 수 있지 않을까가 그의 생각이었다.

'그나저나 분명 창자가 배 밖으로 나올 정도로 심한 중상을 입었다고 하는데…….'

그런 치명상을 입고 이튿날 바로 일어난 발렌이다. 발렌은 웃옷을 들어 올리며 자신의 배를 살펴보았다. 제시카에게 입었던 부상은 깔끔히 사라지고 없었다. 심지어 흉터 하나 남지 않았다.

마셀에게 전해 들은 바로, 엘리즈가 그가 쓰러지는 것을 보고 다급히 사제들을 불러 치료 마법과 그 비싸다는 엘릭서를 들이부어서 간신히 위기를 벗어났다는 것 같았다. 엘릭서는 시중에 파는 포션들보다 뛰어난 회복력을 자랑하는 포션이다. 한 방울만 하더라도 죽기 직전의 사람도 살릴 수 있다고 알려졌는데 그것을 들이부었다는 것은 그만큼 위독했거나, 엘리즈가 경황이 없었다는 걸 의미하는 것이리라.

"분명 감사할 일이겠지."

어찌 되었든 엘리즈 덕분에 살아났다는 것만큼은 확실했다. 발렌은 나중에 감사의 인사를 하기로 하고 방구석에 있는 책꽂이로 시선을 향했다. 책이 있었다. 전부 본 것들이었다.

"음…… 당분간 읽을 만한 책은 없으려나?"

읽은 책이라고는 해도 또 읽기 좋은 것은 반드시 있다. 이 중 무엇이 가장 읽을 만할까 책을 고르고 있는 와중이었다.

똑똑!

누군가 문을 노크했다.

"발렌? 안에 있어?"

살짝 문을 열고 들어온 이는 반가운 얼굴이었다.

"황녀님!"

바로 엘리즈였다. 그녀는 발렌이 일어서 있는 것을 보고 안심했다는 표정으로 방 안으로 들어왔다.

"어디 아픈 곳은 없어?"

"걱정하지 마십시오. 깔끔히 나았습니다. 황녀님께서 절 살리기 위해 엘릭서를 아끼지 않으셨다는 것도 들었습니다. 미천한 저를 위해 소중한 엘릭서를 사용하시다니. 몸 둘 바를 모르겠습니다."

엘릭서는 쉽게 구할 수 있는 것이 아니다. 만드는 것도 까다롭지만, 그 수량도 대륙 전체로 따졌을 때 50개가 되지 않는다고 들었다. 말하는 게 값이라고 할 정도로 매우 귀중한 물품이다. 발렌이 예측하기로는 황제가 만일의 경우를 위해 엘리즈에게 준 것일지도 모른다는 생각이 들었다. 엘리즈가 얼마나 용돈을 받는지는 모르지만, 그녀가 받는 용돈으로 엘릭서를 구입하기 어려울 테니까.

아프지 않다고 말하고 있는데, 엘리즈는 어째서인지 입술을 삐죽 내밀고 있었다. 뭔가 불만스러워 보이는 눈치였다.

"왜 존댓말을 하는 거야?"

"……네?"

의외의 말에 발렌이 멍청한 소리로 되물었다.

"도서관에서는 서로 반말하고 했잖아. 처음부터 내가 황녀라는 걸 알았으면서도."

"예? 그걸 어떻게 알고 계셨습니까?"

발렌이 의아한 시선으로 그녀를 바라보았다. 엘리즈가 황당한 표정으로 그가 건네준 쪽지를 다시 되돌려 주었다. 자신이 쓴 쪽지를 읽어 본 발렌은 스스로 봐도 황당한 표정을 지우지 못했다.

"아…… 저도 모르게 도서관에서 대한 것처럼 적었었군요."

그녀가 간다고 해서 급히 적었던 게 화근이었다.

"그래도 황녀님께 실례할 수는 없지 않습니까."

"그렇게 따지면 도서관에 있던 일은 굉장한 실례인데?"

얘기가 그렇게 되는구나 싶었다. 발렌이 머리를 긁적였다. 그녀에게 믿음을 주기 위해서 일부러 황녀인 걸 모르는 척 연기한 건데…….

"내가 마탑에 다시 드레스를 입고 왔는데 황녀님이라고 한 걸 보면 처음부터 알고 있었다는 걸 바로 알 수 있고."

"……."

그때 경황이 너무 없어서 방심했는데 바로 짚어낼 줄이야. 그러나 그녀가 들어왔을 때 황녀님이라고 다시 말한 것을 보면 그것은 확신에 선 주장이나 다름이 없었다. 자신이 생각해도 참 허술하구나 싶었다. 그 허술함을 반복해서 경험하며 메웠지만, 처음 겪는 일은 아무래도 어수룩할 수밖에 없는 모양이다. 자신이 생각해도 약간 허당 같다고 생각하며 실소했다.

"둘이 있을 때는 도서관에 있을 때처럼 편하게 불러. 그게 익숙하니까. 어차피 마탑에 들어가면 황녀의 신분보다 마법사 신분이 우선이니까 예의를 갖추지 않아도 돼."

엘리즈가 친구처럼 대해도 된다고 허락하자 고맙다는 생각도 들기는 했지만, 참으로 대단한 일이라는 생각이 들었다. 평민과 황녀가 친구처럼 사이좋게 애칭을 부르다니. 그 누구도 상상 못할 일이구나 싶었다.

"그래도 다행이야. 네가 무사할 수 있어서. 네가 피투성이가 된 걸 보고 얼마나 심장이 떨린 줄 알아?"

"황녀님께서 무사하셨으면……."

"리즈."

엘리즈가 굳이 정정하며 그를 노려보았다. 발렌이 고개를 끄덕이며 말을 정정했다.

"리즈가 무사했다면 괜찮아."

그제야 엘리즈는 만족한 듯 빙긋 미소를 지었다. 발렌은 한동안 그녀를 바라보다가 문득 그녀가 계속 입구 쪽에 가만히 서 있는 것을 깨달았다.

"아, 이곳에 앉아."

발렌은 근처에 있는 의자 하나를 끌어다 놓았다. 엘리즈는 그제야 의자에 앉았다. 의자가 하나밖에 없어 그는 침대에 걸터앉을 수밖에 없었다.

"궁금한 게 있어."

"뭘?"

"내 목숨을 구해 주었잖아. 왜 그렇게 무모하게 나선 거야?"

엘리즈는 이해할 수 없다는 표정이었다. 평범한 사람이 어제 처음 만난 사람을 위해 이렇게 나설 수 있는 사람이 얼마나 될까. 모든 것을 생각해 볼 때 황녀라는 것 하나만으로 설명하기 힘든 일이다.

발렌이 이 사실을 알려 자신이 잘못될 수 있다는 것을 생각 못할 정도로 머리가 나쁜 사람은 아니기 때문이다. 무엇보다 자신이 보필하는 사람도 아닌데 목숨을 걸고 그렇게 나설 수 있는 사람이 얼마나 될까. 여러 가지를 생각할 때 쉽사리 이해할 수 없는 행동이 너무 많았다.

"그저 약속을 했을 뿐이야."

"약속?"

"누군가와 약속을 했어. 반드시 구해 주겠다고. 난 그 약속을 지켰을 뿐이야."

그녀는 기억하지 못하겠지만, 발렌은 엘리즈와 약속을 했다. 반드시 구해 주겠다고. 새끼손가락을 걸고 약속을 했다. 그것을 지켰을 뿐이다.

"그래도 이해하지 못하겠어. 누군가와의 약속과 나를 지키는 것이 무슨 상관인데?"

그 대답은 말해 주지 않은 채, 발렌은 미소를 그렸다.

"언젠가 알게 될 날이 올지, 안 올지 모르지만…… 나중에 내 비밀에 대해 알게 되면 말해 줄게."

그 대답에도 이해하지 못하는 엘리즈. 발렌은 여전히 얼굴에 미소를 그린 채 그녀를 바라볼 뿐이다. 그녀와 한 약속은 그것만이 아니다. 자신의 비밀을 알게 되면 자신과 있던 일에 대해 말해 달라고 했었다. 그날이 언제 올지는 모르지만, 확실한 건 지금은 아니다. 그녀가 그 답에 도달할 수 있을지, 없을지 모르지만 어찌 되든 상관은 없다. 그의 운명은 결코 변하지 않을 테니까. 그때까지는 그저 모르는 척하기로 했다.

똑똑!

누군가 방문을 노크했다. 발렌과 엘리즈의 시선이 방문으로 향했다. 곧 문을 열고 마셀이 들어왔다.

"발렌시아 님. 황제 폐하께서 부르시옵니다."

*   *   *

 넓은 대전이 눈에 들어왔다. 수많은 대소 신료들이 원탁에 앉아 있고, 그 뒤로 계단 위의 왕좌에 황제가 앉아 있었다. 그 모습이 어찌나 위엄이 넘쳐흐르는지 절로 기가 죽을 정도다.

"어서 오거라."

 황제의 잔잔한 음성. 그 옆에는 가벨과 아루스가 발렌을 내려다보고 있었다.

 '고문당하던 곳에서 봤던 이들을 이곳에서 볼 줄이야.'

 그때를 생각하니 절로 몸이 떨린다. 황제의 분노와 형을 집행하던 가벨. 그리고 그가 누명을 쓴 것이라고 의심하면서도 그저 지켜보기만 했던 아루스. 하나 지금은 엘리즈를 구한 은인이자 황실의 지엄을 살린 인물로 대하는 표정들이었다. 엘리즈는 가볍게 인사를 한 뒤 아루스의 옆에 섰다.

"황제 폐하를 뵈옵니다."

 발렌이 가슴에 가볍게 손을 얹고 허리를 살짝 숙이며 정중히 예의를 갖췄다. 황제에게 감히 눈을 마주치지 못했다. 대전에 들어오기 전, 간단한 예법을 배웠지만 익숙지 않아 어색한 모양새가 되었다. 그래도 황제는 이를 전혀 신경 쓰지 않는 듯 보였다. 황실에서 일하는 사람도 아니고, 방금 예법에 관해 조금 들었을 뿐이라는 것을 잘 알고 있는 까닭이다.

"그대가 황녀의 독살자를 제보하고, 목숨을 구해 주었다고 들었다. 매우 위험한 행동을 했구나. 기사나 경비병에게 알렸으면 되지 않았겠느냐?"

왜 안 해 봤겠는가. 경각심을 심어 주기 위해 발렌은 여러 번 반복하며 경비병들이나 중앙 광장에 돌아다니는 기사들에게 이 사실을 알렸다. 그러나 돌아온 것은 몰매였다. 어디서 그런 불경한 말을 담느냐며 감옥에 갇혀 아무것도 못 해 보고 다시 리셋 되어 버렸다.

"말을 해도 믿지 못할 이야기라 쉬이 할 수 없어 제가 직접 나서게 되었습니다."

"경비병들을 믿지 못하는 눈치로구나."

"황녀님을 독살하려는 자이니 만큼 신중할 수밖에 없었고, 섣부른 행동은 더 위험하다 판단했습니다."

사실 믿지 않는다. 경비병들의 무능은 최근 그것이 부각되고 있기 때문이다. 수많은 부정부패가 번번이 일어나고, 근무 태만도 다른 이들의 눈에 보일 정도니 말이다. 그 때문에 이를 감시하고 확인하는 감사들이 늘어났다고 하는데, 여전히 빈번한 것도 사실이다. 그것도 지방도 아니고 수도에서 일어나는 일이다. 지방은 더 심하다는 이야기를 들었다.

'황제는 이 사실을 알고 있을까?'

그저 보고를 받고 잘하는 것으로 알고 있을 것이다. 직접 황성 밖으로 나와 두 눈으로 확인하지 않는 이상 백성들의 고충을 알 리 없었다.

"무모하지만, 확실히 맞는 소리로구나. 그대는 녹을 받아 먹고사는 이는 아니지만 누구도 나서지 못할 일을 직접 해냈다. 그것은 응당 칭찬받을 일이지. 하나 말로만 하기에는 부족한 것도 사실이다. 하니 그대가 원하는 것은 무엇이든 들어줄 터이니 짐에게 말하라."

"이번 사건으로 부서진 세인브리트 마탑 도서관 복구를 지원해 주시길 간청 드립니다!"

그것은 한 치의 망설임도 없는 대답이었다. 황제가 그 말을 듣고 가만히 그를 지켜보았다. 황제만이 아니라 그 옆에 있던 가벨과 아루스, 엘리즈까지 멍한 표정으로 그를 바라보았다. 대소 신료들도 황당한 표정을 숨기지 못했다.

"세인브리트 마탑 도서관의 복구를 말이더냐?"

"그러하옵니다."

"하하하!"

황제가 뭐가 그렇게 웃긴지 대소를 터트렸다. 발렌은 자신이 뭔가 실수했나 생각했지만, 딱히 짚이는 점은 없었다.

"듣자 하니 그대는 도서관 사서라고 하던데, 자신의 직장을 복구해 달라고 하는 것이더냐? 직장에 대한 애착이 강하구나."

황제가 빙긋 웃었다. 언제나 위엄 있는 군주의 모습으로 왕좌에 앉아 있던 그가 대전에서 미소를 보이는 경우는 거의 없었다.

"세인브리튼 마탑 도서관의 복구는 이미 진행 중에 있다. 이미 황실에서도 지원해 주고 있으니 다른 것을 말하거라."

"그, 그렇사옵니까?"

"그대가 원하는 것을 말하거라. 재물을 원하면 재물을, 명예를 원한다면 명예를, 신분을 원한다면 귀족으로 만들어 줄 수도 있다."

귀족!

그 말에 발렌의 눈이 동그랗게 떠졌다. 평민이 귀족이 되는 경우는 아주 없는 것은 아니지만, 정말 하늘의 별따기만큼 힘든 일이다. 전쟁에서 큰 공을 세워도 될까 말까인데, 귀족으로 만들어 주겠다니.

'그만큼 엘리즈 황녀를 금지옥엽 하는 거겠지.'

엘리즈의 위험을 저지한 사람이니 귀족으로 만들어 주는

것도 망설이지 않겠다는 듯 보였다. 그러나 발렌은 귀족의 신분에 관심이 없었다. 아니, 관심은 가지만, 평민이 갑자기 귀족이 되면 불편한 게 이만저만이 아닐 것이라 생각했다. 주위 시선을 의식하며 항상 몸을 정갈히 해야 하는 것도 크게 한몫을 하고 있었다. 주위 시선을 굳이 의식하는 건 발렌의 성격과 맞지 않았다.

'뭐든지라……'

자신이 원하는 것이 뭐가 있을까. 한참을 고민한 끝에, 그는 한 가지 자신의 소원을 떠올리고 곧 입을 열었다.

"마법사가 되고 싶사옵니다."

그것은 세인브리트 마탑 도서관 사서로 일할 때부터 품었던 소망이었다.

* * *

마법을 배우고 싶다는 말에 황제는 흔쾌히 이를 수용해 주었다. 그리고 곧장 황성 마법사를 불러 그의 재능을 판별하도록 명했다. 마법사가 되기 전에 마법에 대한 재능이 있는지부터 확인해야 하기 때문이다.

마법은 누구나 익힐 수 있는 것이 아니다. 마나를 체내에 채우고, 그것을 다룰 수 있는 재능을 선척적으로 타고난 사람만 가능한 것이다. 게다가 마법사는 어렸을 적부터 배운 이들이 더 재능을 발휘할 수 있었다. 이미 스무 살이 넘은 그는 늦은 감이 없잖아 있었다.

황성 마법사는 발렌을 세세히 확인하고, 그 옆에서 엘리즈가 지켜보았다. 그리고 그리 오랜 시간이 걸리지 않아 한 가지 결론을 내렸다.

"배우기 늦은 나이이기는 하지만, 마법을 배울 수는 있을 것 같습니다."

"다행이다."

발렌은 배울 수 있다는 말에 안심했다. 아예 못 배우는 것보다는 나았다. 그래도 마법사는 고급 인력에 속한다.

"축하해, 발렌."

옆에서 지켜보고 있던 엘리즈는 이를 축하해 주었다. 배우고 싶어도 재능이 되지 않아 배우지 못하는 게 바로 마법이다. 그러나 발렌은 그 재능이 있으니 배울 수 있었다.

"다만 한 가지 문제가 있는데……."

황성 마법사가 엘리즈를 바라보았다. 뭔가 곤란한 얘기를 하려는 모양일까? 그녀가 고개를 주억이자, 황성 마법사가 입을 열었다.

"마나 게이트가 거의 닫혀 있고, 마나 회로도 상당히 좁습니다."

마나를 방출, 흡수가 시작되는 지점을 마나 게이트라고 한다. 마나 게이트를 통해 마나가 이동하는 곳을 마나 회로라 한다.

"그런가요?"

그 얘기는 제대로 마나를 흡수하고, 이를 방출하기가 힘들다는 소리다. 그 얘기는 마법사로서 적성이 뛰어나지 않다는 뜻도 되었다.

"무슨 소리죠?"

다만 마법의 마 자도 모르는 발렌은 무슨 소리인지 감을 못 잡았다. 안 좋은 소리인 것은 알겠는데, 마법의 이론조차 알지 못하는 끼닭에 징확히 이해하지 못했다.

"마법을 배울 수는 있으나, 그렇게 높은 마법은 사용하지 못한다는 뜻이야."

"열심히 노력하면 메이지 급 마법사가 될 수는 있겠으나, 그 이상으로 못 올라간다는 소리지요."

엘리즈는 안쓰러운 표정으로 발렌을 바라보았다. 실제로 메이지 급이면 그렇게 쓸 만한 마법은 사용하지 못하는 까닭이다. 아마 그도 마법을 배우면서 깨닫게 될 것이다. 그러나 발렌은 그게 뭐 어떠냐는 듯 그들을 바라보았다.

"전 상관없어요. 설령 못 배운다고 해도 마법에 대한 지식을 알 수 있다는 것에 만족하려고 했거든요. 그러나 배우고 익힐 수 있다는 것은 제게 큰 축복과도 같은 일이에요."

너무 걱정이 컸던 걸까? 발렌은 그저 마법을 쓸 수 있다는 것에만 만족해하고 있었다. 작은 것에 만족하는 건지, 아니면 지금 이것이 지금 그에게도 큰 선물이라 생각하는 건지. 아마 후자가 아닐까 싶었다. 엘리즈는 발렌을 잘못 봤다고 생각하며 가볍게 미소를 지어 주었다.

* * *

이미 부상에서 완전히 회복되었지만, 발렌은 엘리즈의 요청에 의해 같은 날 세인브리트 마탑에 도착할 수 있었다. 그들이 세인브리트 마탑에 도착하자 금의환향한 것처럼 열렬한 환호를 받았다. 금의환향했다는 말도 딱히 틀린 말은 아닌 것 같았다. 황제는 마법사가 되고 싶다는 그의 간청만으로 부족했는지, 그에게 돈까지 줬기 때문이다. 그것도 무려 30골드.

발렌에게 어마어마한 거액이라는 것은 확실하고, 이 돈으로 부모님이 운영하는 잡화점을 하나 더 차릴 수 있을 정도의 금액이다. 그래도 그는 돈을 함부로 쓸 생각이 없었다. 그런 거액을 어디에 써야 할지도 모르는데다 딱히 어디에 쓸 필요가 없기 때문이다.

환호를 해 준 사람들은 평소 발렌과 가까이 지냈던 사람들이다. 마법사들은 전혀 보이지 않았다. 마법사들이 환호해 주는 건 애초에 생각도 안 했다. 이유를 말하자면 매우 간단하다. 자신의 일과 마법에 대해 관심이 없는 마법사들이다. 그가 큰 공을 세웠든 말든 전혀 관심을 주지 않을 것이라 생각했고, 그의 생각은 들어맞았다. 이미 예상한 바라서 딱히 개의치는 않는다. 그러나 탑주는 달랐다. 탑주는 직접 밖으로 나와 그를 맞이해 주었다.

"발렌시아 사서. 고생이 많았다."

탑주가 발렌의 손을 잡고 위아래로 흔들었다. 탑주는 간혹 봐서 인사를 한 적은 있지만, 탑주가 자신의 이름을 언급하며 대화하는 건 이번이 처음이었다.

"아닙니다, 탑주님. 해야 할 일을 한 건데요."

"그래도 너무 무모했어. 무투기를 사용하는 자를 혼자서 상대하려고 했다니 말이야."

확실히 자신이 생각해도 너무 어리석었던 건 사실이다. 다만 마지막에 죽지 않고 처단하라고 할 줄은 전혀 예상하지 못한 바이기에 어쩔 수 없는 일이지만 말이다. 죽으면 당연히 리셋 되어 다시 시작해 반복할 생각이었다. 그런데 죽지 말라고 하니 죽을 수 없어 엄청나게 고군분투했다. 거기서 일이 꼬였으나 그래도 결과는 만족스러웠다. 무투기를 사용하는 자를 상대로 이겼으니 말이다. 이건 정말 기적과도 같은 일이었다.

"황제 폐하께오서 자네가 마법을 배울 수 있도록 협조해 달라 하셨다."

"그, 그렇습니까?"

"세인브리트 마탑에 유례가 없는 일이지만, 그래도 내 제자를 구해 준 보답을 하려고 한다. 네가 세운 공을 인정하는 바이니, 마법을 일깨울 수 있도록 직접 특별 지도를 해 주고 3층 도서관 열람권을 주도록 하마."

"3층!"

3층은 도서관을 관리하는 사서와 도서관장도 들어가지 못하는 영역이다. 그곳을 들어가게 해 주겠다니. 당연히 놀랄 수밖에 없었다. 탑주는 주섬주섬 주머니에서 뭔가를 꺼내 발렌에게 건네주었다. 세인브리트 마탑의 문양이 들어간 배지였다.

"이 배지를 달고 열면 마음껏 드나들 수 있다. 다만 3층에는 반드시 일하는 시간이 끝나고 들어갈 것. 명심하도록 해라."

"물론이죠. 걱정하지 마세요."

일과 시간에 3층에 마음대로 들어갈 만큼 발렌도 어리석지는 않다. 그는 세인브리트 마탑 소속의 마법사도 아니고,

일개 사서일 뿐이니까. 권한을 얻었다고는 해도 그 위치는 변하지 않는다.

"그리고 개인적으로도 자네에게 고맙군. 내 제자를 구해 준 것이니까. 부족하지만 이거라도 받아 주면 고맙겠다."

엘리즈는 탑주의 제자로 들어갈 예정이었다. 탑주의 제자를 구해 준 것이니 그 고마움이 어찌 작으랴. 탑주가 손짓을 하자 비서가 앞으로 한 걸음 나와 그에게 뭔가를 건넸다. 반지였다. 화려함과 거리가 한참 먼 밋밋한 동 반지 위에 푸른 보석이 박혀 있었다.

"자네의 몸을 지켜 줄 아티팩트다. 쉴드 한 번, 파이어볼 세 번 한정이지. 아쉽게도 충전해서 사용할 수 없지만 위기 상황에서 자네의 몸을 지켜 줄 정도는 될 것이야."

"아티팩트!"

아티팩트는 뭐가 되었든 상당한 거금이다. 제한된 양밖에 사용하지 못하는 아티팩트라고 해도 마찬가지다. 마법사가 아니어도 마법을 사용할 수 있게 해 주는 것이 바로 아티팩트이기 때문이다. 비싸기 때문에 어지간한 귀족은 구경도 못해 보는 것이 아티팩트이기도 했다.

"사용법은 매우 간단하다. 사용자의 의지에 따라 마법명을 외치면 발현된다. 위기 상황이 닥쳤을 때 사용할 수 있도록 해라."

"감사합니다, 탑주님!"

이것도 감지덕지다. 발렌은 아티팩트를 받아 들고 검지에 끼웠다. 조금 크다고 느꼈는데, 어느 순간 동반지의 면적이 작아지며 그의 손가락에 맞게 변했다. 사용자의 손가락에 맞춰 크기가 변하는 모양이었다.

"다시 한 번 자네에게 감사하며 세인브리트 마탑은 자네를 언제나 환영할 것이네."

탑주에게 거창한 인사와 화려한 보답을 받은 발렌은 얼굴에 미소가 떠나가질 않았다.

Chapter 07
마나를 느껴라

<마나>

공기 중에 녹아 있는 자연의 기. 마법을 사용할 수 있게 해 주는 매개체. 고대에는 신의 힘 혹은 악마의 힘으로도 불렸다고 한다.

―『마법 초심자를 위한 기본 개념』1p 발췌―

* * *

발렌은 최근 일이 너무 즐거웠다. 일과가 끝날 때면 탑주의 특별 강의를 약 한 시간 정도 받았다. 간혹 탑주가 급한 일이 있을 때면 엘리즈나 제이프가 옆에서 알려 주었다.

"그렇게도 좋냐?"

그가 콧노래를 부르며 일하는 모습을 보고 제이프는 피식 웃었다. 오늘 해야 할 일은 새로 들어온 책들을 정리하고, 이름과 분야별로 나눠 정산하는 것이었다.

"예, 물론이죠. 그렇게 고대하던 마법을 배우고, 오늘 책도 새로 들어왔잖아요! 게다가 어제서야 도서관이 복구되었고요!"

제시카에 의해 망가졌던 도서관은 어느새 다시 원래대로 되돌아왔다. 그 전까지는 매일 도서관 내부를 청소하고 치우는 일만 가득했다. 그래도 황실에서 일손을 거들어 준 덕분에 며칠 되지 않아 도서관 내부가 복구되었다. 망가진 책들도 이번에 새로 책이 오면서 모두 원래대로 돌아왔다.

발렌은 며칠째 들뜬 표정으로 즐겁게 일하고 있다. 그것이 나쁜 것이 아니었다.

일의 효율성이 올라갔고, 그 분위기가 전염되었는지 제이프도 일이 즐거울 정도다. 제이프가 할 일을 그가 대신해 주거나 내일 할 일도 미리 하는 덕분에, 제이프도 상당히 편하게 일했다.

"뭐, 즐겁다니 다행이다."

제이프는 피식 웃으며 새롭게 들어온 책들의 목록을 살

피고 수량을 확인했다. 발렌은 확인된 것들의 목록을 다시 정리해 배치할 곳을 적어 놓았다. 늘 하던 일이라서 그런지 그들은 금방금방 종이에 글을 적어 나갔다. 한참을 그렇게 하고 있는데, 도서관 문이 여닫히며 경첩이 삐걱거리는 소리가 들려왔다.

"발렌, 나 왔어!"

"어서 와, 리즈."

엘리즈였다. 그녀는 세인브리트 마탑 소속 마법사가 되고 나서부터 하루도 거르지 않고 도서관에 찾아왔다. 어제까지 도서관 복구에 일손을 도왔고, 오늘은 완전히 복구된 도시관을 보기 위해 온 것이다.

"오셨습니까."

제이프가 일어나며 정중히 그녀를 맞이했다. 마탑 소속의 마법사가 되었지만 황녀라는 것 때문인지 편하게 대할 수 없던 것이다. 세인브리트 마탑에서 엘리즈를 편하게 대하는 사람은 탑주와 발렌이 유일했다. 다만 탑주조차 엘리즈를 애칭으로 부르지 않는다고 들었다. 아마 엘리즈를 가장 편하게 대하는 사람은 발렌밖에 없을 것이다. 마법사들은 늘 그랬던 것처럼 그녀가 황녀든 아니든 관심조차 없는 듯했지만.

"일 바빠?"

"거의 다 끝냈어. 이제 이 책들만 적으면 돼."

이제 고작 세 권의 책만 정리하면 될 뿐이다. 다 끝났다고 해도 무방하다. 그가 깃펜으로 몇 번 끄적이자 일이 끝났다.

"끝났다!"

발렌이 기지개를 했다. 오랫동안 같은 자세로 의자에 앉아 있었더니 손을 들자 뼈마디가 부딪치며 시끄럽게 울려 댔다.

"고생했어."

"완전히 끝난 건 아냐. 이제 책만 책꽂이에 꽂으면 돼. 아, 탑주님께 가 봐야 하는데."

일과가 끝났으니 탑주에게 특별 지도를 받아야 한다. 그러나 아직 책을 옮겨야 했다. 그러나 엘리즈가 그럴 필요가 없다는 듯 고개를 저었다.

"스승님은 바쁘다고 하셨어. 대신 내가 알려 줄게."

"그래?"

"응. 그러니까 얼른 끝내자. 나도 도울게."

엘리즈가 기꺼이 일을 돕겠다고 하자 제이프가 당황했다.

"황녀님. 그러실 필요는……."

"이제 세인브리트 마탑의 마법사니까 괜찮아요."

황녀는 황녀이되, 특별한 경우가 아니면 세인브리트 마탑의 마법사 신분이 강하니 말리지 말라는 듯 보였다. 그러나 그것은 엘리즈 혼자만 생각하는 경우였다. 다른 이들은 여전히 그녀가 황녀라는 것에 말조심, 행동 조심을 하는 편이었다.

"그래도 어찌……."

"계속 그러시면 저 화낼 거예요?"

엘리즈가 장난스럽게 웃자, 제이프는 헛기침을 하며 머리를 긁적였다. 난감한 건 여전하지만 그녀가 이렇게까지 하면 말릴 수 없는 것이다. 결국 하는 수 없이 그녀의 고집에 제이프기 한 길음 뒤로 물러나야 했다.

*　　　*　　　*

세인브리트 마탑 도서관 3층. 발렌이 하루를 마치고 독서를 하는 시간, 그는 이 시간만 되면 반드시 3층에 와서 마법서를 읽는 것에 집중했다. 마법에 대해 들은 바는 있지만 이해하기가 힘드니 책으로 우선 지식을 습득하려고 하는 것이다.

'마법 초심자를 위한 기본 개념'이라는 마법 전문서. 어려운 용어들도 쉽게 풀이하고, 주석까지 달린 책이다.

마나를 느끼는 것이 마법의 첫걸음이라는 것은 마법사에게 가장 기초적인 지식이다. 그 첫걸음을 내디딘 발렌은 날아갈 것 같은 기분이었다. 그러나 아직 해야 할 일은 많았다. 마법을 사용하기 위해서 필요한 것은 바로 서클.

마나를 축적하고 방출하기 위한, 일명 마나 탱크가 바로 서클이다. 그리고 가장 어려운 것은 처음 서클을 만드는 과정이었다. 한 단계씩 높아질수록 축적할 수 있는 마나는 많아지고, 이를 방출하기도 더욱 쉬워진다는 모양이다.

이제부터 일취월장하는 것만 남았구나 싶어 막상 마나를 체내에 쌓으려고 해 보니 쉽게 되지 않았다.

"내 주제에 일취월장은 무슨."

처음의 자신감과 좋았던 기분은 싹 사라지고 없었다. 자신의 마음처럼 마나를 축적시키는 것이 쉬운 일이 아니었다. 마나를 찾아 숨을 들이쉬고 내쉬고를 반복하는데, 숨을 내쉴 때마다 들이마신 마나가 다시 내뱉어졌기 때문이다. 엘리즈나 탑주, 제이프는 공통적인 대답으로 마나를 흡수한다 생각하라는데 쉽지 않았다. 자신의 뜻대로 그게 안 됐다.

자신이 희귀한 케이스인가 싶었다. 마나를 처음부터 제대로 흡수하는 사람은 없다지만 이렇게까지 마나를 체내에 쌓지 못하는 사람은 또 처음 봤다는 모양이다. 하지만 아주

헛된 일은 아니라고 한다. 희미하지만 아주 미세하게 마나가 체내에 쌓였다고 했기 때문이다.

결국 이것도 직접 체험하고 요령을 파악하라는 것 아닌가. 마법이 이렇게까지 자기 스스로 알아내야 하는 게 많은 건지. 불평불만이 쏟아지기는 하지만, 마법사가 되는 게 쉬웠으면 이 세상은 마법사들의 세상이 되었을 것이라 생각하며 참았다.

"결국 난 노력을 죽어라 해야 하는 거네."

해답은 노력밖에 없었다. 마법을 알면 알수록 조금씩 정말 자신은 둔재구나 싶었다. 정말 이 정도 진전이면 평생 매지션에서 벗어나지 못하리란 생각밖에 없었다. 다들 그렇게 평가하고 있으니 그러려니 하고 있지만, 산이 있으면 정상으로 올라가고 싶은 것이 사람의 심리가 아니던가. 처음에는 마법을 배울 수 있다는 것에 만족했어도, 배움을 얻다보니 점점 더 올라가고 싶었다.

그렇게 한숨을 내쉬는 가운데, 의욕이 떨어지자, 결국 발렌은 책을 덮었다. 오늘은 여기까지만 보기로 하고 내일 다시 하기로 한 것이다. 그가 책꽂이로 이동해 책을 꽂다가 이상함을 감지했다.

"뭐야, 그러고 보니 여긴 책이 왜 이렇게 제대로 안 꽂혀 있어?"

정말 아무렇게나 책이 꽂혀 있었다. 혹시 어쩌다 한 번 찾아오는 마법사들이 제자리에 꽂기 귀찮아서 아무 곳에나 책을 꽂아 둔 게 아닐까 추측했다. 아니, 귀찮은 것도 있겠지만, 어쩌면 별로 신경도 안 쓰고 꽂아 둔 것일지도 모른다. 빈 공간이 있으니 그냥 꽂아 두었을 확률이 다분했다.

'이곳의 마법사들이라면 충분히 그러고도 남아.'

이미 세인브리트 마탑의 마법사들에 대한 거만함과 이기적인 성격은 다 파악해 둔 상황. 그냥 이대로 지나쳐도 되겠으나, 그래도 명색이 사서인데 이런 걸 그냥 보고 지나칠 수 있겠는가!

그는 속으로 마법사들을 흉보면서 책을 차곡차곡 정리했다. 글자 순서대로 맞추던 발렌. 깔끔히 순서를 맞춘 그 순간이었다.

철컥! 퍽!

"아악!"

발렌이 발을 움켜잡았다. 갑자기 책이 책장에서 툭 튀어나와 떨어진 것이다. 그리고 불행하게 그 책이 발렌의 발가락에 떨어졌다. 갑작스러운 통증에 눈물을 찔끔 흘리는 발렌. 그가 눈물을 머금으며 이게 무슨 일인지 확인했다. 책장에 웬 이상한 장치가 살짝 나와 있는 것을 볼 수 있었다. 딱 봐도 누군가가 일부러 설치한 것 같았다.

도서관에서 사람을 골리려고 이런 장치를 만들다니. 3층은 마법사들만 들어올 수 있으니 분명 세인브리트의 어떤 마법사의 짓일 것이다.

"도대체 어떤 정신 나간 사람이 이런 걸 설치한 거야?"

그렇게 높은 위치에서 떨어진 건 아니다. 아래에서 두 번째 칸에 있던 것이다. 그러나 하필 새끼발가락 쪽에 맞아 고통은 배가 되었다. 미쳐도 단단히 미쳤다는 생각밖에 들지 않는다. 그는 잠시 통증이 가라앉을 때까지 기다렸다가 책을 살폈다.

『막시프의 마법서 —마나 엔진—』

"음?"

저자의 이름이 여타 책과는 달리 대문짝만 하게 쓰여 있었다. 막시프 라 데일런. 어딘가 익숙하지만 익숙지 않은 이름이기도 했다. 발렌은 곰곰이 생각하고 나서 간신히 누구인지 떠올릴 수 있었다.

"초대 부마탑주로구나!"

초대 탑주는 보나바르, 그리고 보나바르와 함께 세인브리트 마탑의 주축을 맡았던 부탑주인 막시프. 항상 최고가 되고 싶어 했고, 탑주의 자리를 노렸다고 기록되어 있다. 그의 염원은 보나바르가 죽고서 이루어졌다.

보나바르를 제외하고 막시프를 뛰어넘을 이가 없기에 바

로 2대 탑주가 되었으나 그것도 며칠 되지 않아 자연사한 비운의 인물이다. 사람들은 이 나라의 대영웅인 보나바르 밖에 모르지만, 막시프도 큰 활약을 한 마법사였다. 보나바르 만큼은 아니어도 대단한 마법사인 것이다.

바올라 제국의 역사서에서도 막시프에 대한 언급은 몇 번씩 나왔다. 그러나 보나바르가 워낙 영향력이 있어서 그런지 뒤에 가려진 것도 사실이었고, 잘 모르는 사람이 많은 것도 사실이다. 그리고 상당한 괴짜였고, 크고 작은 사건 중심에는 항상 그가 있어 평가가 꽤 나쁜 편에 속했다.

그런 역사적 인물이 남긴 마법서라니. 보나바르의 마법서도 발견했던 그가 이번에는 평생 이 인자로 남았던 인물의 마법서까지 발견할 줄은 전혀 예상도 못 했다.

"잠깐. 설마 이것도 펼치면 저주에 걸리는 거 아냐?"

보나바르의 저주는 강력했다. 그 뒤로 아직 죽을 일이 없어서 모르지만, 또 무슨 사건이 일어나면 그 저주가 다시 발동될 것이다. 그리고 보나바르와 어깨를 나란히 할 정도의 실력을 가진 막시프. 보나바르는 고상한 현자의 이미지가 강하지만, 막시프는 괴짜의 이미지가 더 강한 사람이다. 그런 그가 그에 못지않은 저주를 남겼다면? 상상만 해도 오들오들 몸이 떨려 온다.

"그런데 마나 엔진은 뭐지?"

마법서 옆에 '마나 엔진'이라는 단어에 시선이 집중되었다. 마법을 배우면서도 처음 듣는 용어였다. 펼칠까 말까. 호기심에 자꾸 손가락이 책을 들었다 놓았다를 반복한다.

'어차피 죽기밖에 더하겠어?'

이미 손에 꼽을 수 없을 정도로 죽었던 발렌. 뭘 더 망설일 게 있냐며 책을 펼쳤다. 다행히 이건 보나바르의 마법서와 다른 듯 빛이 터져 나오거나 하지는 않았다. 그가 랜턴을 가까이 해 내용을 비춰 보았다.

 난 보나바르가 싫다.

"……."

혹시 마법서가 아니라 막시프의 일기장인가 싶어 제목을 다시 확인해 봤지만, 막시프의 마법서라고 버젓이 쓰여 있다. 그는 일단 읽어 보기로 했다.

 그놈은 자기가 뛰어난 줄 알고 날 아래로 보고
 있을 게 분명하다. 그놈의 건방진 말투, 그 거만한
 눈빛. 하나부터 열까지 마음에 안 든다. 내가 반드
 시 보나바르를 뛰어넘을 마법을 개발해 내리라 다
 짐하고 연구하기를 사십여 년. 간신히 새로운 개념

마나를 느껴라 217

의 마법 체계를 만들었으나, 보나바르는 구경도 못 해 보고 결국 세상을 떴다. 나쁜 새끼…… 끝까지 자기가 최고로 알고 마음대로 죽고 난리야.

"……."

정말 어지간히도 보나바르에 대한 증오가 뼛속 깊이 사무쳐 있는 것이 글로 전해져 왔다. 역사서에서는 막시프가 보나바르를 싫어했다, 라고 기록되어 있기는 하지만 정말인 듯싶었다. 그 증오가 살의가 아닌 라이벌 의식에서 비롯된 것이라는 게 다행이라고 생각한다.

내 이론이 맞는다면 이것은 분명 마법계에 큰 획을 그을 일일 것이다. 그러나 아무도 내가 만든 마법을 믿지 못해 안 하겠다고 저항한다. 어차피 이건 아직 서클이 만들어지지 않은 사람이 해야 되는 것이라 녀석들에게 해 보라고 할 생각도 없다. 그러나 이를 위해 거두었던 어린 제자 놈들도 말을 꺼내면 당장 손사래 친다. 빌어먹을 녀석들. 내가 얼마나 열심히 가르쳐 줬는데. 스승의 말은 전혀 듣지도 않고 사형들의 말이나 듣고 말이야.

"……."

어린 제자들에게까지 신뢰가 없다는 소리인가. 본인은 자각하고 있었는지 알 수 없지만, 아마 끝까지 모르고 있었으리라는 생각이 든다. 진정한 괴짜는 자기가 괴짜인지 잘 모르는 법이란 것을…… 어린 제자들도 금방 파악할 만큼 괴짜였다는 소리나 다름이 없었다.

한동안 구구절절 보나바르와 제자들을 홍보하는 내용이 이어지다가 결국 몇 페이지나 넘어가서야 본론으로 들어올 수 있었다.

> 내가 개발한 마나 엔진은 지금까지 마법의 위력을 더욱 증폭시켜 주고, 나아가 마법사 본인에게도 강한 힘을 줄 수 있는 새로운 체계이다. 이것이 만약 내 생각대로 된다면 몸에 무리는 갈지 모르지만, 마법에 재능이 없는 자라도 마나 게이트를 완전히 개방시킬 수 있을 것이다.

발렌의 눈이 동그랗게 변했다. 마나 게이트를 완전히 개방한다니? 마나 게이트는 마법사에게 있어 가장 중요한 것이다. 마나 게이트가 넓으면 넓을수록 마나가 원활히 통과할 수 있어 재능에도 크게 영향을 미친다. 발렌의 경우 마나 게이트가 거의 닫혀 있는 상태. 반대로 마나 게이트만 열리면 천재까지는 아니어도 평균의 마법사 몫은 할 수 있다는 소리였다.

꼴깍.

자신도 모르게 침을 꼴깍 삼킨 발렌이 책에 집중했다. 시간이 가는 줄도 모르고 책을 처음부터 끝까지 정독한 발렌은 어느새 심장이 쿵쾅쿵쾅 뛰기 시작했다.

'말도 안 돼.'

발렌이 기가 찬 표정으로 막시프의 마법서에서 눈을 떼지 못했다. 말이 안 된다. 마법학에 대해 여전히 잘 모르지만, 요점만큼은 알 수 있었다.

마나 엔진의 첫 시작은 마나를 좀 더 빨리 채우게 만드는 것이다. 전투가 일어나면 마나를 써야 하고, 당연히 마나 탱크에는 마나가 한정되어 있기에 다 쓰고 나면 기절하는 일이 다반사다. 그러나 막시프는 이것을 보완하고자 마나 엔진이라는 새로운 개념을 만들어 냈다.

바로 몸을 혹사시키면서 마나를 채우게 만드는 것이다. 첫 시작은 이것이었으나, 점점 새로운 이론과 계산을 정립하면서 마나 엔진이란 기술은 자신의 상상을 아득히 뛰어넘는 체계로 잡혔다는 모양이다.

마나 엔진을 굳이 돌리지 않아도 평소에 마나 게이트의

개방, 마나 회로의 확장, 마나의 유동 활성화에 큰 도움을 준다는 것이다. 즉, 마나에 대한 감각이 넓어지고, 이로 인해 마법에 대한 재능을 일깨워 주게 만들 수 있는 엄청난 기술인 셈이다.

만약 이게 사실이라면 마법 학계만이 아니라 대륙 전체가 정말 말도 안 되는 대변혁이 일어날지도 모를 일이다. 다만 아무도 이를 실험해 보지 않아 이 이론이 실제인지 아닌지 확실치 않다는 것이다.

'막시프 라 데일런은 괴짜라고는 하지만, 마법으로만 평가하자면 누구도 부정할 수 없을 만큼 뛰어난 사람이다. 현대의 마법에도 큰 영향을 미쳤던 사람이니까.'

많은 사람들이 모르는 것이 있다. 대부분의 사람들은 보나바르를 마법의 아버지 격으로 생각하고 있지만 사실은 다르다. 현대의 마법에 가장 많은 영향을 준 사람은 이 인자로 알려진 막시프이다. 역사학자들이나 역사를 제대로 공부한 이들은 그 사실을 부정하지 못한다. 발렌의 경우에는 책을 잡다하게 보다보니 지식이 쌓인 것이었다.

'하지만 이론만 되고, 현실이 다를 수 있다는 것까지 생각하면……'

자신의 몸에 어떤 영향이 갈지 모른다.

막시프가 마법에 많은 영향을 주었다고 하더라도 성공만

한 사람은 아니니까. 그만큼 실수를 많이 하고, 그 실수로 인해 드래곤을 수도에 불러들이는 큰 사건도 있었다.

어떻게 할까. 고민이 깊어지는 가운데, 발렌은 턱에 손을 짚었다. 이게 막시프의 이론대로 성공작이라면 분명 자신에게 큰 기회를 줄 것이다. 반대로 이론은 이론일 뿐이라면? 아무런 해가 없으면 좋겠지만, 마나를 가지고 장난을 쳐서 좋을 게 없을 것이다. 무엇보다 이것은 본인의 몸을 이용해야 한다. 어떤 부작용이 생길지도 모른다.

'그래, 한 번 시도해 보자.'

한 번 해 보고 안 되겠다 싶으면 그만두면 되지 않을까. 그는 그런 생각을 했다. 마법을 잘못 익히면 반응이 나타날 때까지 잘못되었다는 것을 알 수 없다는 사실을 모른 채 말이다. 마법에 대한 지식 부족이 부른 참사나 다름이 없었다. 그러나 그 사실을 모르는 발렌은 이상을 감지하면 그만두기로 하고서는 마법서를 펼쳐 들었다.

마나 엔진의 첫 걸음은 서클을 만들기 전, 마나를 느끼는 것이다.

"……."

처음부터 고비일 줄은 전혀 예상치 못한 상황이었다.

＊　　　＊　　　＊

　오늘도 일을 마친 후, 엘리즈는 발렌을 이끌고 마탑 내부에 있는 마법사 수련장으로 데리고 갔다. 마법사들이 데리고 온 제자들을 육성하는 곳인데, 엘리즈도 이곳에서 탑주에게 계속 가르침을 받고 있었다. 발렌은 익숙한 듯 마법진이 그려진 정중앙에 가부좌를 틀고 앉아 눈을 감았다.
　"하는 방법은 어제와 똑같아. 가만히 앉아서 마나를 느껴."
　"그러니까 그 마나를 느낀다는 게 뭔지 모르겠단 말이지."
　발렌이 그녀의 말을 경청하면서 대답한다. 엘리즈가 황제가 준 스태프로 그의 머리를 가볍게 때렸다.
　"토 달지 말고 집중해. 네가 배우고 싶다고 한 거잖아. 마나를 느끼는 건 딱 꼬집어서 말해 줄 수 없어. 사람마다 느끼는 방식이 다르니까. 스스로 마나가 무엇인지 계속 탐구해 봐야 돼."
　그것참 어렵다고 생각하며 발렌은 다시 집중한다. 그렇게 한 시간 정도를 가만히 앉아 있는데, 다리가 저려 왔다.
　"잠시 휴식 좀 해도 돼? 다리가 저려서."

도저히 다리가 저려서 못하겠다는 듯 말하자 엘리즈가 고개를 주억였다. 촉박해하는 것보다 차라리 여유롭게 하는 게 나으리라 생각한 것이다. 애초에 발렌의 경우 마법을 배우고 싶어 할 뿐이지, 정말 마법사가 되려고 작정한 사람은 아니니까. 두 다리를 쭉 편 발렌은 그제야 살 것 같다는 표정을 지었다. 엘리즈는 그 맞은편에 다소곳이 앉았다.

"넌 이런 과정을 매일 했던 거야?"

"맞아. 내 경우 마나를 느끼려고 두 달 동안 이렇게 했어."

"두 달. 으~ 듣자 하니 너도 천재 소리 듣는 거 같은데, 둔재는 얼마나 걸리는 거야?"

"사람마다 달라. 너는 더 오래 걸릴 수도 있어. 천재라고 해도 처음 마나를 느끼는 과정에서 한 달이 넘게 걸리는데, 일주일 만에 느낄 수 있겠어?"

"확실히 그러네."

발렌은 머리를 긁적였다. 어차피 촉박해할 필요도 없다. 그는 그저 마법을 배울 수 있다는 것만 해도 좋다고 생각하고 있었다.

"그러고 보니, 발렌. 주머니에 항상 뭔가가 있던데, 그건 뭐야?"

"아, 이거?"

발렌이 주머니에서 뭔가를 꺼냈다. 그것은 완드였다. 어디에 버려둬도 반드시 그의 곁에 있는 귀속 아티팩트. 보나바르가 남긴 완드였다.

"뭐야, 완드네? 이번에 하나 장만했나 보네? 벌써부터 기합이 들어가 있어."

이건 어떻게 설명할까 생각하고 있는데, 엘리즈가 알아서 해석했다. 발렌은 어깨를 으쓱였다.

"엄청 무리한 거 아니야? 이거 마법 처리 되어 있는 완드 같은데?"

엘리즈는 완드에서 느껴지는 기운에 마법 처리가 되어 있다는 것을 알았다. 그러나 무슨 효과가 있는지는 전혀 모르는 듯했다.

'있는 거라고는 그저 내게 귀속되는 것밖에 없는 거 같지만.'

혹시나 탑주가 준 반지처럼 제한된 숫자만큼 마법을 쓸 수 있지 않을까 해서 시도해 봤지만 아무 효과도 없다는 걸 깨달았다. 결국 귀속 마법 외에는 달리 없다는 것으로만 생각하고 있었다.

"난 모르고 가격에 맞게 산거지만. 좋은 거면 좋겠네."

"마법 처리가 된 완드가 안 좋을 리가 없잖아. 다행히 싼 값에 좋은 걸 산 모양이네?"

그렇게 비싼 건가 싶기도 했다. 확실히 귀속 아티팩트는 비싸긴 하니까. 잠시 잡담을 나누고 있는데, 발렌의 눈앞에 빛이 아른거렸다. 그가 손으로 휘저었다.

"자꾸 눈앞에 뭔가 아른거려서 귀찮네."

"뭐가 보인다고?"

"엘리즈는 안 보여? 지금 이 앞에 반딧불처럼 빛을 내면서 뭔가가 지나가고 있는데? 푸른색 빛이야."

발렌이 푸른색 빛을 따라가며 손가락으로 가리켰다. 그러나 엘리즈의 시야에는 아무것도 보이지 않았다. 뭘 보고 저리 말하는 걸까. 피곤해서 헛것이 보이는 건가 생각해서 좀 더 쉬라고 말하려던 찰나였다. 발렌이 자신을 바라보며 인상을 찌푸리고 있는 걸 볼 수 있었다.

"왜 그래?"

"아니, 이걸 말해도 되나 싶은데……."

말하기를 망설이는 발렌. 엘리즈는 그 모습을 보고 더 궁금해졌다.

"말해 봐."

"방금 그 벌레. 네 콧속으로 들어갔어. 안 아파?"

그 말에 엘리즈가 고개를 갸웃거렸다. 벌레가 콧속에 들어온 것을 못 느낄 리 없지 않은가. 엘리즈가 호호 웃으며 고개를 저었다.

"네가 좀 피곤했나 봐. 헛것을 다 보고 말이야."

"……그런가? 요즘 다섯 시간 밖에 안 자고 있긴 하지만."

얼른 도서관을 복구시키겠다고 조금이라도 일을 더했던 발렌이다. 이제 그럴 일은 없겠으나 그 덕분에 최근 잠을 많이 못 자기는 했다. 발렌이 많이 피곤했겠구나 생각하며 엘리즈가 미소를 지었다.

"오늘은 푹 쉬는 게 좋을 것 같아. 어차피 특별 지도 시간은 끝났잖아."

하루에 한 시간. 그게 발렌이 마나를 느끼는 교육을 받는 시간이었다. 다만 엘리즈나 제이프랑 할 때는 좀 더 오래하고는 했다.

"음…… 좀 더 하고 싶은데……."

"자기 전에 하는 것도 좋을 거야. 한 번 마나를 느끼고 나면 그때부터는 수월하니까. 마나를 느끼면 내가 나중에 가부좌를 틀지 않아도 자연스럽게 마나를 쌓을 수 있는 방법을 알려 줄게. 가부좌를 틀 때보다 덜하지만 그래도 일하면서도 할 수 있으니 좀 더 빨리 쌓을 수 있게 될 거야."

마나를 수련하기 위해서는 가부좌를 틀어 마나가 체내에서 잘 회동할 수 있게 하는데, 엘리즈에게는 특별한 방법이 있는 모양이다. 그런 비법을 알려 준다고 하니 엘리즈에게 감사를 느끼고 있는 와중이었다. 발렌의 눈에 심상치 않은 무언가가 보이기 시작했다.

"리즈, 숨을 멈춰!"

엘리즈는 갑자기 발렌이 소리를 지르자 화들짝 놀라며 그를 바라보았다. 하마터면 간 떨어질 뻔했다.

"왜 그래, 발렌?"

"내가 헛것을 보는 게 아니야. 방금 네 입과 코에 엄청난 기세로 벌레들이 들어갔어!"

"무슨 소리야! 계속 장난치면 화낼 거야!"

"정말이야, 리즈. 자꾸 푸른색 벌레들이 네 입과 코로 들어간다니까? 방금 전에는 아까보다 더 심해졌고!"

정말 농담하는 것이 아니었다. 발렌은 농담을 해도 어느 정도 치고 빠질 줄 아는 사람이다. 사람이 기분 나쁠 때까지 하는 부류는 아니라는 소리다. 그가 정말이라고 하소연했다.

"지금은 아니지만, 네가 편한 자세로 앉아 있을 때마다 계속 들어가고 있어. 정말이야, 믿어 줘."

"잠깐. 발렌, 방금 뭐라고 했어?"

"편한 자세로 앉으면 벌레가 들어간다고……."

엘리즈는 혹시나 하는 생각에 뭔가 시도를 해 보기로 했다. 이번에는 숨을 그저 들이쉬고 내쉬는 것이었다.

"지금은?"

"안 들어가고 있어."

"그럼 지금은?"

"다시 들어가고 있……네……?"

발렌은 이쯤 되니 뭔가 이상하다는 생각을 하게 되었다. 엘리즈는 말도 안 된다는 듯 경악한 표정으로 그를 바라보았다. 그녀는 방금까지 마나를 체내에 쌓고 있었다. 그는 마나를 들이마실 때만 반응을 하고 있었다. 엘리즈는 몇 가지 더 확인해 보기로 하고 마나를 끌어 올려 보았다.

"내 주위로 뭔가가 보여?"

"방금 네 콧속으로 들어간 것들이 아지랑이처럼 피어오르고 있는……데?"

신비한 광경이었는지, 발렌이 이를 멍하니 바라보고 있었다. 그러나 엘리즈는 그의 말을 듣고 입을 벌리며 놀랄 수밖에 없었다. 자신이 마나를 사용하거나, 흡수할 때 그가 이렇게 반응했다. 이것은 더 말하지 않아도 그가 뭘 보고 있는 건지 알 수 있었다.

"마, 말도 안 돼. 벌써 마나를 느끼고 있다고?"

"이게 마나를 느끼는 거였어?"

마나를 느낀다기에 뭔가 감각적으로 느끼는 건 줄 알았는데, 시각적으로 보는 것도 가능한 거였구나 싶었다.

"마나를 느끼는 건 다양한 형태로 나눠지는 거야. 나 같은 경우에는 향기로 느낄 수 있어. 본능적으로 자신이 가장 쉽게 느낄 수 있는 방법으로 마나를 느끼고 찾는 거지."

"그래?"

자신의 경우 책을 보니까 눈을 많이 사용하고, 관찰하는 것을 잘하니까, 마나를 시각적인 형태로 느끼는 것이라는 걸 깨달을 수 있었다.

"그런데 이상한 걸. 이제 시작한 지 고작 일주일 만에 마나를 느끼다니. 흔치 않은 경우인데."

엘리즈가 이상하다는 표정으로 턱에 손을 짚었다.

"그렇게 이상한 일이야?"

"당연히 이상하지! 마법을 배운 지 얼마나 됐다고 벌써 마나를 느낀다는 거야?"

"그렇게 말해도……."

뭐라 대답할 말이 없었다. 그저 무슨 반딧불 같은 벌레라고 생각했는데 그게 마나였던 것을.

*　　*　　*

"너 알고 보니 재능 있는 거 아니야?"

제이프는 일주일 만에 마나를 느꼈다는 발렌의 소식을

접하고 기가 찬 표정을 짓고 있었다. 제이프도 발렌과 비슷한 나이에 우연찮게 마법을 배워, 메이지가 되었지만 마나를 느끼는 데 무려 두 달하고도 반이나 걸렸다. 그런데 천재라도 한 달이 넘게 걸리는 것을, 그는 일주일 만에 해결해 버렸다.

"저도 이게 가장 의문이네요. 탑주님도 믿지 못하시고 말이죠. 직접 확인하고서 놀라시기도 했고요."

발렌은 머리를 긁적였다. 덕분에 재능을 다시 판별해야 했다. 그 결과 나타난 것은 여전히 둔재라는 것. 그저 운이 좋아 빨리 느꼈다고 밖에 할 수 없는 일이었다. 마나 회로가 좁고, 마나 게이트가 거의 닫혀 있는 상태인데 일주일 만에 마나를 느끼다니.

자신도 의아할 지경이다. 그러나 좋은 게 좋은 것 아니던가. 마나를 느끼기 무섭게 그는 마나 호흡법을 익히는 데 주력했다. 마나를 숨으로 들이마셔 축적시키는 것이 바로 마나 호흡법이다. 이게 생각보다 매우 어려웠다. 마나를 들이마셔도 다시 숨을 내쉬면 도로 내뱉어지기 때문이다. 마나를 흡입 후, 자신의 몸에 녹아들게 만들어야 한다.

이것도 스스로 극복해서 요령을 알아내야 한다는 모양이다. 참으로 스스로 해야 할 일이 많고, 복잡하다. 그러나 요령이란 익히고 나면 저절로 쌓아지는 법. 한 번 감을 익힌다면 그때부터는 어렵지 않다고 하니 발렌도 열심히 하는 중이다.

"그러고 보니 일주일 후가 건국 기념일이지?"

열흘 간 나라 전역에 대축제가 열린다. 바올라 제국을 건국한 세인브리트 황제의 업적과 나라를 위해 싸운 이들을 기리고, 나라의 안녕을 기원하는 날이다. 그리고 행사가 끝나면 그때부터 열흘 간 먹고 즐길 수 있다. 특히 바올라 제국의 수도인 세인브리트는 그 어떤 나라, 어떤 지역보다 축제 규모가 컸다.

타국의 사신들이 이 시기에 방문해 축하하고, 같이 즐기기도 했다. 게다가 이때 열리는 투기장 대회도 있었다. 이긴 자는 엄청난 명예와 부를 얻을 수 있고, 또한 귀족이나 황실 사람의 눈에 든다면 준귀족이 될 수도 있었다. 그것 말고도 많은 것이 있어 일일이 나열하지 못할 지경이다.

"그러고 보니 밖에서 하는 축제는 전혀 모르네. 어떤 축제가 열려?"

하루 종일 도서관에 있던 엘리즈는 책을 보고 있다가 건국 기념일의 축제 얘기를 듣고 그리 물어 왔다. 발렌이 이에 대답해 주었다.

"먹고 즐기고, 서커스단도 들어오지. 이 기간에는 노점상도 허가해 주기 때문에 매일 야밤에도 먹을 게 즐비하게 들어서고 말이야. 타국에서 건너온 신기한 물품들도 볼만 하고……."

 축제 규모가 작은 타 지역들과는 달리 수도인 세인브리트에서 열리는 축제는 그 어느 곳보다 규모가 어마어마하게 크다. 처음 수도에 와서 대축제를 봤을 때 상상 이상으로 큰 행사가 열리는 걸 보고 놀랐었다. 특히 근위 기사들과 병사들 그리고 세인브리트 마탑의 마법사들과 황실 마법사들이 도시 곳곳을 행진하는 모습은 아직도 머릿속에서 잊히지 않는 일이다.

 이번에는 세인브리트 마탑의 마법사들도 같이 행진하는 듯 선별된 마법사들이 마탑 밖으로 빠져나간 상황이었다. 전쟁 발발시 마법 병단으로 활동할 그들도 이 날만큼은 마법 병단으로 소속되어 이 행사에 참여하는 것이다. 이것은 바올라 제국이 세워졌을 때부터 이어져 온 전통이기도 했다. 그들이 귀찮다고 빠질 수 있는 것이 아니었다.

 "그런데 리즈는 한 번도 밖에서 즐겨본 적 없어?"
 "난 황성에만 있었으니까. 사신들을 만나 보고 귀족들과 연회를 즐겨야 했거든. 그러다가 바깥은 어떨까 궁금해서 몰래 빠져나가려고 하다가 아바마마와 어마마마께 크게 혼난 이후로 이 날만 되면 감시가 늘어서 빠져나가지 못했어."

"……."

어릴 때도 말괄량이였구나 싶었다. 황성에만 있다 보면 자연스럽게 밖이 궁금해지겠다고 생각했다.

"그런데 지금은 괜찮아?"

"응. 세인브리트 마탑의 마법사가 되었으니 마음대로 바깥에 돌아다닐 수 있으니까. 스승님도 이 일로 바쁘셔서 당분간 더 바쁘실 거야. 그래서 일과 시간인데 이렇게 왔잖아."

발렌이 황당한 표정으로 그녀를 바라보았다.

"……황녀님. 소문으로 들었던 것처럼 참 성실하신 것 같습니다?"

비꼬며 말하는 발렌. 그러나 엘리즈는 그저 호호 웃을 뿐이다. 탑주가 그냥 자리를 비우지는 않았을 테고, 자신이 없는 동안 열심히 수련하라고 하지 않았을까 생각했다.

"내가 하고 싶은 것을 하면서 수련하고 있으니까 괜찮아."

확실히 그녀는 수련하고 있었다. 책을 보면서 마나 호흡법을 하고 있는 것이다. 그녀의 입과 코로 들어가는 마나는 계속해서 그의 눈에 보이고 있었다. 자신이 하고 싶은 것을 하면서 수련도 할 수 있다니. 이러니 천재 소리를 듣는구나 싶었다.

'나도 노력해야지.'

엘리즈만큼은 못 돼도 평생 노력하면 위저드는 될 수 있지 않을까 조심스럽게 생각해 보는 발렌이었다.

* * *

발렌은 하루가 끝나고 3층 도서관에 앉아 막시프의 마법서를 읽는 중이다. 첫 단계인 마나를 느끼는 과정. 이것을 단숨에 뛰어넘었으니 이제 막시프의 마법서를 익힐 수 있는 것이다.

발렌은 마나 게이트에 우선적으로 마나 엔진을 만들기 시작했다. 막시프의 이론에 따르면 마나 엔진은 마나의 방출과 흡수가 시작되는 부분인 마나 게이트에 만들어야 했다. 서클을 만든 후에 절대로 이 이론을 시행할 수 없는 것도 이 때문이다. 마나 엔진은 마나 게이트에 만들어야 하는데, 서클을 먼저 만들게 되면 마나 엔진을 만들 공간이 없어지는 모양이다. 그러나 마나 엔진을 먼저 만들면 마나 게이트와 마나 회로를 늘릴 수 있으니 서클의 공간은 자연스럽게 확보된다는 것이다.

친절하게 그림으로 그려 어떤 식으로 만들어야 할지 알려 주고 있었다. 마법서에 그림을 그려 넣다니. 마법서를 본 건 몇 권 되지 않지만 아마 그림으로 마법을 설명한 사람은 세상에 막시프밖에 없을 것이다.
 '나에게는 더없이 좋은 일이지.'
 마법에 대해 아직 이해력이 부족한 발렌. 그에게는 막시프가 알려 주는 방식이 가장 이해하기 쉬웠다.
 꿈틀.
 마나가 유동적으로 마나 회로를 타고 이동한다. 서클을 만드는 것보다 마나 게이트에 마나를 쌓고 형태를 만드는 게 더 쉬웠다. 서클을 만들 때는 마나 게이트 너머로 마나를 보내야 하는데, 발렌은 지금까지 그게 되지 않았다. 마나 게이트의 문이 좁아 마나가 들어가지 못해 일어난 일이다. 그러니 마나 게이트를 지날 일만 없으면 그 문제는 해결되었다.
 티끌모아 태산이라더니, 티끌을 계속 모으니 마나는 점점 모이고 쌓여 어느새 형태를 만들 만큼의 양이 되었다. 이제부터 마나 엔진을 본격적으로 만드는 작업이다. 그는 끝없이 집중하며 마나 엔진을 만드는 작업에 착수했다. 마나를 움직여 형태를 다듬고, 그것을 고체화시키는 것이다.
 이 작업이 생각보다 어려웠다. 그러나 발렌은 여기서 포기하지 않았다. 한 번 시작했으면 끝을 봐야 할 것 아니겠는가. 그는 어느새 땀을 뻘뻘 흘리고 있었다. 그러나 그는 자신이 땀을 흘리고 있다는 것을 인지하지 못 할 정도로 마나 엔진을 만드는 것에 모든 신경을 집중하고 있었다. 천천히 조금씩 형태를 갖추는 마나들. 그리고 이변이 일어났다. 마나 게이트에 있던 마나들이 서서히 응집하며 형태가 다듬어지기 시작한 것이다.

고오오―

동굴에서나 날 법한 바람 소리가 그의 내부에서 들려왔다. 발렌이 깜짝 놀라 눈을 떴다.

'되, 된 건가?'

발렌은 무언가가 마나 게이트에 덩어리처럼 만들어진 것을 확인할 수 있었다. 그는 마나 게이트를 확인하기 시작했다. 아주 작은 움직임이지만, 마나 엔진이 심장이 뛰듯 자연스럽게 펌핑하고 있었다. 그의 얼굴에 미소가 피어올랐다. 성공이었다. 드디어 자신이 마법적으로 뭔가를 해냈다는 성취감에 발렌의 얼굴에 미소가 사라질 줄 몰랐다.

"하지만 만들었어도 달라진 점은 아직 못 느끼겠는 걸?"

무슨 차이가 있는 건지 아직 모르겠다. 정말 이렇게 한 게 맞는 건지 스스로에 대한 의심도 확실히 있었다. 그러나 펌핑하고 있는 것을 봤을 때, 분명 맞을 것이라 생각했다.

*　　*　　*

이튿날. 기분 좋게 하루를 맞이하고 일을 끝낸 발렌. 그는 이번에는 마법학에 대해 알아보기 위해 도서관 3층에서 또다시 책을 탐구하는 중이었다. 마법학의 기초. 마법사들이 처음 마법을 배울 때 알아야 할 지식들을 담은 책이다. 발렌은 혹시 모르는 것이나 궁금한 게 있을 때 편하게 물을 사람이 있었다.

"발렌. 오늘 기쁜 일 있어?"

맞은편에 엘리즈도 함께 있었다. 그녀는 마법서를 들여다보고 있다가 발렌의 얼굴에서 미소가 사라지지 않아 무슨 일이 있던 건지 물어본 것이다.

"어제 내가 마법적으로 뭔가 하나를 발견한 것 같아서 말이야."

"벌써 깨달음이라도 얻은 거야? 호호, 축하해."

아직 서클도 만들지 않은 이가 벌써 깨달음을 얻었겠느냐마는. 그래도 그녀는 발렌이 뭔가 얻은 것 같으니 같이 기쁨을 나눴다.

"이제 서클을 만드는 일만 남았는데, 역시 힘드네."

"당연하지. 서클이란 게 누구나 쉽게 만들 수 있는 게 아니니까. 그래도 요령을 알게 되면 금방 익숙해질 거야."

현재 메이지 급의 막바지에 들어선 엘리즈는 위저드를

앞두고 있는 상황. 그러나 촉박해하는 모습보다는 천천히 다가가려는 모습을 보이고 있었다. 이를 보고 발렌도 급하지 않게 천천히 서클을 만들며 마법에 대한 지식을 쌓고 있는 것이다.

"마법과 관련된 용어는 꽤 어렵구나."

발렌은 마법서를 보면서 이해하기 힘든 용어들이 많다는 걸 깨달았다. 법전과 회계 쪽도 심심할 때 읽어 봤던 발렌이지만, 마법서는 그것과 틀부터 달리했다. 모르는 용어에 주석이 달려 있으면 그나마 괜찮지만 주석이 달려 있지 않으면 무슨 뜻인지 스스로 알아내야 했다.

"이래서 마법사가 되는 게 보통 힘든 게 아니라는 건가?"

마나에 대한 재능도 있어야 하고, 그것을 체내에 쌓아야 한다. 그 과정도 어려운데 지식을 쌓는 것도 보통 일이 아니다. 그나마 오래전부터 책을 자주 읽은 발렌이기에 망정이지, 책을 싫어하는 사람이라면 보기만 해도 잠이 쏟아졌을 것이리라.

"마법사가 아무나 될 수 있었으면 이 세상은 마법사들로 넘쳐났을 거야."

엘리즈가 책을 읽다 말고 그를 바라보며 그에 대한 답변을 했다. 발렌이 맞장구쳐 주며 고개를 주억였다.

"고대에는 마법사들이 넘쳐났다고 하는데?"

"그거야 모르지. 그때보다 인구가 적어서 그렇게 보인 걸지도 모르고, 아니면 정말 전설대로 누구나 다 마법을 익혔던 황금기가 있었을지도."

그 당시의 기록이 극단적으로 적어, 구전되고 있는 것이 마도 황금기 당시 누구나 마법을 익히고 배울 수 있었다는 것이다. 지금 현실로는 절대 불가능한 일이기에 그저 전설일 뿐이지만. 그에 대한 사실은 아무도 모른다.

"그러고 보니 언제부터인가 시간이 이렇게 됐네?"

해는 벌써 뉘엿뉘엿 지고 있었고, 랜턴을 켜지 않으면 책도 읽을 수 없을 정도로 주위가 어두웠다. 정신없이 읽다 보니 어느새 시간이 이렇게 된 것이다. 이제 슬슬 갈 때가 되자 엘리즈가 책을 덮었다.

"1층과 2층의 책은 대여가 가능한데, 3층은 대여가 불가능해서 불편해."

엘리즈는 아쉬운 투로 그리 중얼거렸다. 그도 그럴 수밖에 없는 것이, 마법서는 매우 중요한 책이다. 평균적인 책들의 가격이 50실링이라고 할 때, 마법서는 마법서라는 것 하나 때문에 실버 단위를 우습게 넘는다.

메이지가 익힐 수 있는 서적이 실버 정도 되고, 위저드부터는 실버가 아니라 골드로 넘어가게 된다. 본격적으로 전투에 개입할 수 있는 정도의 마법사들부터는 구하고 싶어도 구할 수 없는 게 마법서다. 그것이 지금 세인브리트 마탑에 고스란히 보관되어 있었다.

3층까지는 메이지와 위저드 초입 마법서가 가득하지만, 4층은 그 이상의 마법서들로 가득하다는 모양이다. 그곳에 들어가 보지 않아서 모르지만, 아마 시중에서 구경하기도 힘든 책들이 넘쳐나리라.

"아 참. 발렌. 그리고 보니 내일 밖에 구경 가자."

"밖에?"

"응. 듣자 하니 오늘부터 각 지역하고 타국에서 사람들이 몰려오고 있다고 하더라고."

건국 기념일이 시작되기 전부터 작게나마 축제가 시작된다. 본격적인 대축제 때는 사람들의 유동이 더 많아져 이때부터 여관이나 술집은 호황을 맞이할 정도. 이 날 일 년 동안 쓸 돈을 버는 사람도 있으니 얼마나 많은 사람들이 오고, 돈이 돌아가는지 상상하기도 힘든 일이다.

"그것도 나쁘지는 않겠지. 그래, 그러자."

발렌이 고개를 주억이자 엘리즈가 기뻐하며 호호 웃었다. 축제 때도 황성 밖의 축제를 즐기지 못한 그녀는 벌써부터 들뜬 듯 보였다.

'황녀였으니 밖의 음식은 잘 못 먹어 봤겠지?'

과연 그녀의 입에 서민 음식이 맞을까 고민이 크기는 하지만, 그래도 경험시켜 주는 것도 나쁘지 않겠지 생각하며 내일 어딜 구경시켜 줄까 벌써부터 고민하는 발렌이었다.

 이튿날. 일과가 끝나고 나서 마탑 밖으로 나온 발렌과 엘리즈는 길거리를 돌아다니는 중이었다. 수많은 인파로 인해 길은 북적거리고, 마차가 오가는 길이 막힐 정도로 마차의 수도 엄청났다. 특히 사람들의 이목이 집중된 곳이 있었다. 몬스터들을 튼튼한 철창에 가둔 채 마차에 싣고 이동하는 모습이었다. 건국 기념일에 빼놓을 수 없는 것이 몬스터들이 재주를 부리는 것이었다.

 잘 훈련된 몬스터들을 위주로 서커스 공연이 시작되는데, 워낙 사람들이 많이 보러 오는 까닭에 보고 싶어도 쉽게 관람할 수 없었다. 게다가 이번에는 사육하고 길들이기 힘들다는 오우거가 있다고 대대적으로 홍보하여 더욱 이목이 집중되었다. 그러나 몬스터들이 다수의 사람을 보면 말썽을 부리는 일이 많아 대부분 천을 씌워 가린 채 이동 중이다.

 "리즈, 건국 기념일 때는 소매치기를 조심해야 돼. 이 날에 소매치기가 기승을 부리거든."

 건국 기념일은 좀도둑도 많고, 특히 소매치기가 현장에서 검거되는 일도 높아지는 때이다. 일 년을 버틸 자금을 마련하는 건 상인들만이 아니라 소매치기들도 마찬가지인 것이다. 그리고 작년에 발렌도 소매치기를 당했었다.

다행히 돈을 많이 소지하고 다니지 않은 덕분에 잃어버려도 그렇게 신경 쓸 일은 아니었지만, 기분이 나빴었다. 엘리즈 본인이 말하기로는 소소하게 들고 왔다고 했으나 그래도 조심하는 게 좋을 것이다. 그러나 엘리즈는 걱정 말라는 듯 여유롭게 웃고 있었다.

"그건 걱정하지 마. 함부로 내 몸에 손대다가는 그 자리에서 감전돼서 기절할 테니까."

"마법을 쓰고 있던 거야?"

"응. 바디 디펜스를 변형시킨 마법이야. 스승님이 알려 주셨어."

발렌은 몸을 지키는 그런 마법이겠거니 생각했다. 그렇다면 안심이겠지. 그러고 보니 소매치기들이 건드리지 않는 사람이 바로 마법사라는 말도 있었다. 마법사들은 자신과 재산을 보호하는 데 철두철미하기에 마법사로 보이는 사람들은 일체 소매치기할 생각도 안 한다는 모양이다. 왜 그러는지 몰랐는데, 엘리즈를 보니 알 것 같았다.

'리즈 정도면 무난한 거지만.'

죽이지 않고 기절만 시키는 게 어디인가. 실제로 소매치기를 잡으면 바로 그 자리에서 죽이거나, 손목을 잘라 버리는 귀족들도 상당히 많았다. 일부 용병들도 다시는 소매치기하지 못하도록 실컷 패 놓고 경비병들에게 넘기는 일도 부지기수이다. 이 날에는 수용되는 범죄자들보다 병원에 가는 범죄자가 더 많다는 말이 있을 정도니 말은 다한 셈이다.

"발렌, 저기 봐 봐. 뭔가 굽고 있어!"

잠시 다른 생각을 하며 길을 걷고 있는데 엘리즈가 그의 소매를 잡고 어딘가를 가리킨다. 그녀가 가리킨 곳에는 노점이 있었다. 그 노점에서는 양념을 바른 훈제 고기가 노릇노릇 구워지고 있었다.

"저거 먹고 싶어?"

"한 번 가 보자."

먹고 싶은 것보다는 신기함에 이끌린 것 같은 모양새다. 가까이 가 보니 맛있는 냄새가 코를 자극했다. 엘리즈는 즉석에서 고기를 굽는 것이 신기한 듯 계속 화덕을 바라보고 있었다.

"어서 오십시오, 손님!"

노점상이 쾌활하게 소리치며 그들을 맞이했다. 꼬치를 미리 구워 놓았는지, 옆에는 미리 만들어진 많은 양의 꼬치구이들이 식지 않도록 천천히 데워지고 있었다.

"얼마죠?"

"개당 4실링, 세 개를 사면 11실링에 드리고 있습니다!"

'……비싸네.'

이런 훈제구이 꼬치는 평소에 2실링이면 살 수 있다. 날도 날이고 하니 비싸게 파는 건 이해할 수 있는데, 그래도 두 배나 껑충 뛴 가격으로 파는 건 문제가 좀 있지 않나 싶었다. 작년에도 느낀 거지만, 축제가 열리는 날의 가장 큰 문제점은 이렇게 비싼 곳이 상당히 많다는 것이다. 이때를 노려 숙소의 가격도 올려 받는 일이 비일비재하다. 특히 외국인들에게 바가지를 씌우는 일도 어렵잖게 볼 수 있는 일이다.

발렌이 엘리즈에게 가자고 하려는 찰나, 그녀가 말했다.

"상당히 싸네?"

"으, 응?"

발렌이 의아한 듯 그녀를 바라보았다. 두 배나 높은 가격이 싸다고? 발렌이 그게 무슨 소리냐고 하려고 하자, 그녀가 손가락 세 개를 펼쳤다.

"세 개 주세요."

"감사합니다, 예쁜 아가씨. 외모만큼이나 마음씨도 예쁘십니다! 제가 특별히 10실링에 드리겠습니다!"

노점상이 핫핫 웃으며 꼬치 세 개를 건넸다. 엘리즈가 돈주머니에서 돈을 꺼내는 동안 발렌이 꼬치를 대신 들어 주었다. 엘리즈가 값을 지불하려고 돈을 건네는데, 노점상이 난감한 시선으로 그녀를 바라보았다.

"아, 아가씨? 이건 좀……."

"왜 그러세요? 돈 드리잖아요."

"그, 그렇기는 한데……."

노점상은 여전히 난감해하면서 말을 더듬고 있었다. 발렌은 왜 그러냐는 듯 그녀가 건넨 돈을 바라보았다. 그리고 바로 그 이유를 알 수 있었다.

"……리즈."

"왜 그래?"

"그거 골드잖아."

화폐 단위는 실링, 실버, 골드. 100실링에 실버, 100실버에 골드다. 고작 동전 하나라고 할 수 있지만, 1골드에 4인 가족이 세 달은 부족하지 않게 생활할 수 있는 돈이다. 절대 그 가치는 무시할 수 없는 것이다. 그리고 발렌도 골드 화폐를 머리에 털이 나고 처음 봤다.

'잠깐, 그러고 보니 리즈가 소소하게 돈을 가지고 왔다고 하는데…….'

엘리즈에게 소소한 돈의 기준이 뭘까. 지금 여기서 일 골드를 건넨 것을 보면 자신의 생각을 아득히 뛰어넘는 거금을 들고 있는 것이 아닐까 생각이 들었다. 아마 자신의 생각이 맞을 거라고 생각하며 발렌이 그녀의 손바닥에 올려진 골드가 가려지도록 손을 다시 쥐어 주었다.

"됐어. 내 돈으로 지불할게."

"왜 그래?"

"나중에 설명해 줄게."

발렌은 황녀로 자란 그녀가 금전 감각이 결코 정상이 아님을 알고 일단 자신의 돈으로 지불했다. 골드를 본 노점상은 어버버거리며 발렌이 건네는 돈을 받았다. 손에 훈제 고기 꼬치를 꽉 쥐고 황급히 엘리즈를 이끌고 그 자리에서 벗어난 발렌. 그는 인적이 드문 뒷골목으로 그녀를 끌고 가서야 자리에서 멈추고 한숨을 내쉬었다.

"왜 그러는 거야, 발렌? 한숨을 푹 내쉬고."

그에게 끌려오면서 여전히 그의 행동이 이해되지 않는다는 표정의 엘리즈. 발렌이 그녀를 바라보았다.

"리즈. 지금 소지하고 있는 돈, 혹시 전부 골드야?"

"맞는데?"

그 말에 발렌의 한숨이 더욱 깊어졌다. 아무래도 그녀에게 이에 대해 설명해 줘야 할 것 같았다.

"리즈, 일반적으로 그 돈은 노점상들에게 지불할 수 없어."

"어째서?"

엘리즈의 표정을 보니 이해하지 못하겠다는 듯 보였다. 발렌은 아무래도 제대로 그 가치를 깨닫게 해 주는 게 좋겠다고 생각했다.

"1골드는 4인 가족이 돈을 벌지 않고 3개월은 풍족하게 지낼 수 있는 돈이야. 정말 아껴 쓴다면 반년도 버틸 수 있고."

"뭐? 3개월이나?"

그녀가 화들짝 놀란 표정을 지었다. 보통 놀란 게 아닌 것 같았다. 1골드로 어떻게 그만한 세월을 지낼 수 있다는 것인지 모르겠다는 표정이다.

"너 소문으로는 거지들에게 돈을 건네줬다고 하는데, 설마 골드로 준 건 아니지?"

"맞는데?"

이렇게 완벽한 사람은 없으리라고 생각했는데 설마 금전 감각이 뒤떨어지다니! 귀족들의 금전 감각이 많이들 떨어진다는 주제의 소설을 보기는 했으나, 설마 그게 현실에 있을 줄은 몰랐기 때문이다.

"내가 사는 사치품들은 하나같이 단위가 골드였는데……."

"당연히 그럴 수밖에 없었겠지. 최고급 원자재에 그 분야에서 이름 있는 최고의 장인이 만들어 줬을 테니까."

황족에게 가는 물품이 시중에서 아무나 살 수 있는 그런 물품일 리 없지 않겠는가. 생각지도 못한 일에 발렌이 알려줘야 할 게 많지 않을까 생각이 들었다.

*　　*　　*

임시 서커스 공연장. 콜로세움은 평소 민간인에도 공개가 되는 곳인데, 당분간 검투사들을 위한 무대가 아닌 몬스터들이 재주를 부릴 공간이 될 것이기에 출입이 제한되었다. 서커스 단원들은 인파가 많은 곳으로 홍보에 나서 최소 인원만 남고 대부분 콜로세움을 빠져나간 상황이다. 콜로세움 내부. 용병들은 몬스터들이 갇혀 있는 넓은 철창을 지키고 있었다.

"와, 오우거는 처음 보는데, 굉장히 무섭네."

"아기일 때부터 사육해서 사람을 공격하지 않는다고 하는데, 그래도 그 눈빛 봤어? 보기만 해도 바지에 지릴 것 같더라."

워낙 덩치도 크고, 흉포하게 생겨 온순하다고 느껴지지 않는 것이 바로 오우거였다. 지금 당장 철창을 부수고 나와도 이상할 게 없게 느껴질 정도였다. 듣기로는 잘 부서지지 않는 철창이라고 하는데, 오우거는 그것마저 부술 것 같이 위용이 대단했다.

 다른 몬스터들은 많이 봤지만 오우거를 본 적 없는 용병들. 오우거를 직접 보거나 오우거에게서 살아 돌아왔다던 놈들이 왜 그렇게 열변을 토하는지 이제 알 것 같았다. 그냥 보기만 해도 무서운데 야생에서 사람을 공격하는 오우거들은 얼마나 흉포할까. 그 기분을 이제 십분 이해할 수 있다. 오우거는 그들에게 만나서는 안 될, 피해야 할 몬스터였다.

 그렇게 대화를 나누며 보초를 서고 있는데, 발소리가 들려왔다. 고개를 돌려 확인하니 신원이 확인되지 않는 인물 두 명이 이쪽으로 다가오다 바로 앞에 멈춰 섰다.

 "여긴 출입금지입니다."

 딱 봐도 서커스 관계자가 아님을 느낀 용병들이 그들을 제지했다. 두 명의 신원 불명인 중 청색 로브를 입은 이가 물었다.

 "오우거를 보고 싶어서 그러는데, 들어가 봐도 될까요?"
 "죄송합니다. 관계자 외에는 출입하실 수 없습니다."
 "정말 안 되나요?"
 "예. 낯선 사람들을 보면 몬스터들이 소동을 피우니 돌아가 주시기 바랍니다."

 가끔 몰래 찾아와 몬스터 좀 구경하면 안 되냐고 하는 사람이 있다는 소리는 서커스 관계자에게 들은 바였다. 대부분이 평민들인데 그들은 조금 위협만 줘도 순순히 돌아가는데, 안 돌아가면 흠씬 두들겨도 좋다고 했다. 하지만 찾아오는 이들 중 귀족도 있었다. 귀족의 심기를 건드려서 좋을 건 없지만 정중히 돌아가게 하는 것이 그들의 임무기도 했다.

그들이 입은 옷을 보아하니 사람들의 눈을 피해 변장한 귀족들 같았다. 알게 모르게 기품도 느껴지고 있었다.

청색 로브를 착용한 이가 뒤에 검은색 로브를 입은 이를 바라보더니 고개를 주억였다. 검은색 로브를 입은 이가 소맷자락에 숨겨진 주머니에서 뭔가를 꺼냈다. 딱 봐도 돈이 가득 들어 있는 돈 주머니였다.

"죄송합니다. 이건 정말 안 되는 일입니다."

돈을 받고 입을 싹 닫으면 아무도 모를 수 있지만, 누군가가 지금처럼 이렇게 찾아와 뇌물을 건네주고, 몬스터 우리를 풀어서 소동이 일어났던 적이 있었다고 한다. 고작 5년 전 자예프 왕국에서 실제로 일어난 일이다.

알고 봤더니 그들은 자예프 왕국과 적국인 말라프 왕국에서 잠입한 첩자들이었다. 안 그래도 사이가 나빴던 두 나라는 이로 인해 자예프 왕국과 말라프 왕국 간 전쟁이 벌어지고, 3년 동안 서로 치열하게 싸웠다. 그리고 자신들처럼 몬스터들을 지키던 용병들은 국가 전복 공조죄로 체포되어 감옥에 갇혀 죽을 때까지 있어야 한다고 한다. 이미 용병계에서도 유명한 얘기이기에 모르는 이가 손에 꼽을 정도다.

감히 바올라 제국의 대축제 때 소동을 피우려는 이가 있을까 싶지만, 세상일은 모르는 것이다. 겉으로는 형님의 나라처럼 모셔도 칼을 벼르고 있는 나라가 얼마든지 있을 수 있으니까.

그들도 첩자가 아니라는 법은 없다. 잠깐의 이익에 눈이 멀어 인생을 망칠만큼 그들은 어리석은 사람이 아니었다.

"흠, 이게 안 된다면 어쩔 수 없지요."

검은 로브를 입은 자는 돈주머니를 다시 집어넣더니 손가락을 펼쳤다.

"슬립(Sleep)."

"어……."

"으음……."

털썩!

용병들이 그 자리에서 쓰러졌다. 그들은 코를 골면서 잠에 빠져들었다. 청색 로브를 입은 자가 용병의 품에서 열쇠를 찾아 집어 들었다. 그리고 용병들 뒤에 있던 철문의 자물쇠를 풀고 안으로 들어갔다. 문을 열자 안에서 퀴퀴한 냄새가 났다. 몬스터들의 대소변을 치우지 않고 그대로 방치해 나는 냄새다. 꽤 심하기에 로브를 입은 자들은 코를 막고 주위를 둘러보았다. 사육을 제대로 했는지, 낯선 사람들이 왔는데도, 몬스터들은 알아서 자리를 피했다. 사람을 두려워하는 듯 보였다. 그러나 그들이 찾는 것은 이런 잡몬스터가 아니었다.

그들이 찾는 것은 방의 가장 맨 끝에 위치한 거대한 우리에 갇힌 오우거였다. 어둠 속에서 번들거리는 눈빛이 이쪽으로 향해 있었다. 보기만 해도 공포스러웠다.

"상상 이상으로 좋은 눈을 가진 녀석이네요. 마음에 드네요. 이 아이가 좋겠어요. 이런 힘이 좋은 오우거를 사육한 사람도 대단하군요."

청색 로브를 입은 자의 말에 옆에 있던 검은색 차림의 마법사가 품에 지니고 있던 스크롤을 꺼내며 펼쳤다. 활짝 펼쳐진 스크롤에서 하얀색 빛이 터져 나오며 오우거에게 쏟아졌다.

"됐습니다. 고분고분 말을 들을 겁니다."

그 말이 사실인 듯 흉포하다고 알려진 오우거가 바닥에 납작 엎드리며 머리를 들이밀었다. 마치 쓰다듬어달라는 듯 재롱을 부리는 것 같았다. 청색 로브를 입은 자의 후드 사이로 입꼬리가 살짝 올라가는 것이 보이고, 작은 손을 뻗었다.

"그래, 착하지? 그렇게 얌전히 있으렴."

다정한 말과 함께 고운 손이 오우거를 부드럽게 쓰다듬어 주었다. 오우거는 마치 강아지처럼 낑낑거리는 소리를 내고 있었다.

오우거에게도 이런 면이 있다니. 놀라울 따름이다. 한참을 쓰다듬던 청색 로브를 입은 자는 곧 손을 거뒀다.

오우거는 더 해달라는 듯 조르며 더욱 낑낑거린다. 그러나 그 자는 단호했다.

"네가 해야 할 일이 있단다."

그 자의 말에 오우거가 초롱초롱한 눈빛으로 바라본다. 그 자는 품속에서 뭔가를 꺼냈다.

어떤 인물이 사실적으로 그려진 그림이었다.

"네가 이 아이를 찾는 순간 소란을 일으키며 직접 죽여주렴."

종이에는 금발의 에메랄드 빛의 눈동자를 가진 아름다운 여인이 그려져 있었다. 그리고 청색 로브를 입은 자는 뭔가를 또 건넸다.

"그림이라서 외모가 확실치 않다면 이 냄새를 기억해 주지 않으련? 이 여자의 냄새가 배어 있는 손수건이란다."

오우거가 손수건 가까이 코를 대며 킁킁 냄새를 맡더니 고개를 주억였다.

오우거는 생각보다 후각도 좋아서 사냥개처럼 사냥감을 추적할 수 있었다.

지적 능력은 좀 떨어지는 편이어도 사냥에 있어서는 확실히 감각이 발달한 녀석이다. 괜히 오우거가 지상 최강의 몬스터로 군림하는 것이 아니다.

"네가 임무를 마치고 돌아오면 매일 예뻐해 주도록 하마."

그 말에 오우거의 눈빛이 야생에서 자란 녀석처럼 번들거리기 시작했다.

눈을 보는 것 자체만으로도 오싹할 정도였지만, 그 자는 오히려 더 만족스러운 듯 입꼬리가 귀까지 찢어졌다.

Chapter 08
건국 기념일

<바올라 제국>
초대 황제: 세인브리트 폰 바올라
건국일: 아이벤 대륙력 3212년 9월 14일
수도: 세인브리트

 초대 황제 세인브리트 폰 바올라가 트라비키아 통일 제국의 폭정에 대항하여 건국한 국가. 여느 제국과 마찬가지로 왕국에서 출발한 바올라 왕국.

 당시 '조디악'이라 불린 수도의 명칭을 4대 선왕이 초대 국왕의 영광을 재현하고자 '세인브리트'로 변경하였다. 그 염원을 이뤄 수많은 영토와

자원을 확보, 인접 국가와 친화 정책을 펼쳐 아이벤 대륙의 최강국으로 부상, 지금의 바올라 제국을 탄생시켰다.

—『아이벤 대륙의 나라에 대하여』10p 발췌—

* * *

황성 내부는 대축제로 인해 많은 사람들이 바쁘게 움직였다. 대축제는 모든 이들이 즐기는 기간이지만, 황성에서 일하는 식솔들에게는 그렇지 않았다. 수많은 사신들이 몰려오고, 신경 써야 할 일이 한두 가지가 아닌 탓이다.

"누님!"

"어머, 아루스 아니니? 많이 컸구나."

프리실라 폰 바올라 메이어. 2남 2녀 중 둘째이자, 장녀. 그녀는 메이어 신성 제국의 황족과 혼인하여 7년간 바올라 제국에 와 보지 못했다.

정략혼인으로 메이어 신성 제국의 황족과 혼인하게 된 것인데, 결혼 생활이 나쁘지 않다고 서찰을 보내오는 경우가 많았다. 그저 안심시키려고 하는 줄 알았는데, 지금 모습을 보니 사실인 모양이었다.

"그러고 보니 이곳을 떠나기 전 마지막으로 봤을 때의

네 나이가 열다섯 살이구나. 이렇게 보니 세월이 많이 지났네."

프리실라는 황족들 중에 가장 일찍 혼인을 했다. 다들 20살이 넘었어도 혼인을 안 했는데, 자신만 유일하게 십대 후반에 하게 된 것이다. 그 때문에 동생들의 어릴 적 모습밖에 기억을 못 했다.

그녀는 자신보다 머리 하나 더 큰 동생을 보며 미소를 지어 주었다. 아루스는 오랜만에 보는 누이를 보고 밝게 웃다가 곧 그녀의 손을 잡고 있는 작은 아이들을 볼 수 있었다. 아루스와 눈이 마주치자 아이들이 그녀의 뒤로 몸을 숨겼다.

"제 조카들입니까?"

"그래. 아디안, 아비스. 외삼촌에게 인사해야지?"

"아, 안녕하세요."

낯을 가리며 아루스에게 인사하는 아디안과 아비스. 둘 다 은발이지만, 눈동자는 에메랄드빛이었다. 은발은 메이어 신성 제국 황족들의 전유물이다. 그리고 에메랄드 빛 눈동자는 바올라 제국의 전유물. 두 나라의 대대로 내려져 오는 유전을 모두 갖고 있으니 신기하게 느껴졌다.

"그래. 바올라 제국에 온 것을 환영한다. 필요한 게 있으면 외삼촌에게 말하렴."

아디안과 아비스가 고개를 끄덕였다. 아루스는 머리를 쓰다듬어 주고는 다시 자리에서 일어났다. 곧 그녀의 뒤로 프리실라의 남편이 다가오는 것을 볼 수 있었다.

"반갑습니다. 매형."

"반갑네, 처남. 처남에 대해서는 많이 들었어."

은발의 훤칠한 남성이다. 메이어 황족에게서도 극히 드물다는 적안을 가진 에드워드 론 메이어. 훗날 메이어 신성 제국을 이끌 황제. 즉, 지금은 황태자의 자리에 있는 자였다. 수많은 암투에서 싸워 이겨 지금 이 자리에 올라온 것이다. 프리실라는 훗날 황비가 되는 것이다.

"자네, 검에 재능이 뛰어나다지? 언제 한번 한 명의 검사로서 대련을 하고 싶군."

"뛰어나기는요. 그저 부풀려진 소문입니다. 게다가 매형도 만만치 않은 검사로 알고 있습니다. 몬스터 준동 당시 큰 활약을 했다 들었습니다. 이번 대축제 때 시간이 나시면 제게 한 수 알려 주시지 않겠습니까?"

"하하하! 정말 기대되는군."

아루스는 자신의 실력에 자만하는 법이 없었다. 그러면서 상대도 칭찬했다. 에드워드가 미소를 그리며 그와 악수를 나누었다.

이 모습을 보며 프리실라가 한숨을 내쉬며 고개를 저었

다. 못 말린다고 생각하는지도 모르겠다.

"그러고 보니 엘리즈와 오빠가 보이지 않네? 둘 다 어디에 있니?"

"형님은 지금 각국의 사신들을 맞이하고 계시고, 작은 누이는 세인브리트 마탑 소속의 마법사가 되었습니다. 이 기간에는 황족으로서 모두를 맞이했으면 좋았을 텐데…… 자신은 이제 세인브리트의 마법사라며 황성에 오지 않겠다고 합니다."

"어머. 세인브리트 마탑 소속의 마법사라니. 소문을 듣기는 했지만 사실이었구나!"

프리실라는 마치 자신의 일처럼 기뻐했다. 세인브리트 마탑은 황족도 쉽게 들어갈 수 없는 곳이다. 재능을 인정받고, 그만큼 까다로운 절차를 밟아야지만 들어갈 수 있는 곳이다. 천 년의 역사를 가진 바올라 황가에서 세인브리트 마탑에 들어간 이는 한 손에 꼽을 정도지 않던가. 엘리즈가 그중 한 명이 되었으니 기뻐하고 있는 걸까? 그러고 보니 아루스의 옛 기억에서도 그녀는 자신들의 동생들이 뭔가 잘하거나, 잘 된 일이 있으면 자신의 일처럼 기뻐해 주었다. 그 성격은 어디 가는 것이 아닌 지 여전한 듯싶었다. 여전한 모습을 보니 자신도 모르게 얼굴에 미소가 그려지는 아루스였다.

"하면 시간이 날 때 세인브리트 마탑에 가보시겠습니까? 얼마 전 엘리즈의 목숨을 구해 준 은인도 함께 있습니다."

그 말에 프리실라가 의아한 시선으로 그를 바라보았다.

"그게 무슨 소리니?"

"그 소식을 아직 접하지 못하신 겁니까?"

"크흠······."

황녀를 독살하려 했던 큰 사건이었으니 분명 메이어 신성 제국에도 이 사실이 알려졌으리라 생각했는데, 아무래도 프리실라는 몰랐던 모양이다. 그녀가 몰랐다고 하니 괜한 말을 꺼냈다고 뒤늦게 후회했지만, 이미 늦었다. 그녀가 에드워드에게 고개를 돌렸다. 에드워드가 침음한 소리를 듣고 반응한 것이다.

"당신은 알고 계셨어요? 당신은 꼭 찔리는 게 있으면 침음하던데. 제 말이 맞죠?"

살을 맞대며 산 지 벌써 7년째다. 서로의 작은 버릇을 모를 정도로 적은 세월을 함께한 것은 아니다. 에드워드는 그 사실을 인정했다.

"충격을 받을 것이라 생각해서 말이야. 워낙 큰 사건이잖아. 다른 사람도 아니고 당신의 작은 누이가 독살될 뻔했는데."

프리실라가 충격적인 얼굴로 아루스를 바라보았다.

"그래서 그 독살하려는 자와 배후가 누구인지, 찾았니?"

"독살하려던 이는 그 은인의 손에 죽었고, 배후는 여전히 오리무중입니다. 독살자가 죽음을 맞이해 배후를 캘 수 없겠더군요. 다행히 작은 누이는 무사합니다."

아루스도 철저히 조사를 해 봤다. 그러나 제시카에게 독살을 지시한 이는 있지만, 누구인지는 전혀 모른다는 것까지밖에 알 수 없었다. 또한 그녀가 살았던 마을에 가서 그녀를 암살자로 키운 자가 누구인지 확인하려고 했는데, 가보니 그녀의 고향 마을은 조사단이 도착했을 때 누군가에 의해 전멸했다고 한다. 결국 이 사건은 여전히 수사 진행 중이었다.

"어쨌든 다행이구나. 엘리즈가 무사해서."

그래도 엘리즈가 무사하다는 것에 안도의 한숨을 내쉰 프리실라였다.

"전 아바마마를 뵙고 엘리즈를 만나러 가야겠어요. 그래도 되죠?"

에드워드는 가볍게 고개를 주억였다. 허락의 의미였다.

"너무 늦게까지 있을 게 아니라면 나도 같이 가도록 하지."

"괜찮으시겠어요?"

"처제의 일인데 가야지. 시기는 좀 됐지만, 그래도 위로를 해 주는 게 도의라고 생각해. 그리고 아이들도 이모를 만나 봐야지."

프리실라가 그 말에 감격한 듯 그를 꼭 끌어안았다. 에드워드가 아루스에게 미안하다는 듯 윙크를 하며 그녀를 꼭 끌어안아 주었다. 아루스는 이 모습을 보며 소문대로 참 금슬이 좋은 부부구나 싶었다. 직접 그 모습을 보니 걱정을 한시름 덜 수 있었다.

세인브리트 마탑은 평소보다 더욱 한산하게 느껴졌다. 오늘은 건국 기념일. 병사와 기사들 그리고 마법 병단으로 소속된 황실 마법사와 세인브리트 마탑 소속의 마법사들이 함께 행진을 하는 날이기 때문이다. 천 년 제국의 무궁한 역사와 그 위세를 만천하에 알리듯 모두 위풍당당하게 행진했다.

수많은 인파가 모여 그 거대한 행진을 구경하는 중이었다. 마치 전장에서 승리하고 돌아온 것처럼 사람들이 꽃을 뿌려주며 그들을 반기고 있었다. 세인브리트 마탑 근처도 행진로이기 때문에 바로 앞에 나와 구경할 수 있었다. 발렌은 이를 구경하며 박수를 쳤다. 행렬이 모두 지나가고 시야 밖으로 사라졌을 때에서야 사람들이 해산하거나 이동하며 행진을 함께했다.

"황성에서 보던 모습과 정말 다르구나. 규모부터 남다른 것 같아."

대축제가 본격적으로 시작되자, 더 많은 노점들이 생겨나고, 길거리에 특이한 사치품을 파는 상인들도 많아졌다. 특히 마탑 앞에도 노점들이 있는 것은 평소라면 절대 상상도 할 수 없는 일이었다.

"이 정도인지 전혀 몰랐던 거야?"

"말로만 들었지. 황성이 높다고 해도 모든 곳을 볼 수는 없으니까. 그리고 마탑 앞에 버젓이 노점상들이 있는 것도 충격적이고."

맞는 말이다. 황성보다 높은 건물이 거의 없기는 하지만, 모든 도시를 볼 수 있지는 않으니까. 세인브리드 대부분을 노점상들이 점거해서 작년에 처음 이곳에 온 발렌도 꽤 놀랐었던 기억이 있다. 지금도 다시금 놀라고 있기는 했지만 말이다. 그리고 마탑주들은 대축제 날에 한정해 마탑 앞에서 노점을 여는 것을 허락해 주고 있었다. 일주일 전에도 규모가 크다고 느꼈는데, 본격적으로 축제가 시작되자 상상 이상의 축제가 열렸다.

"올해는 몬스터 서커스가 가장 볼 만한 것 같아. 어찌나 사람들이 몰리는지, 표도 간신히 구했다니까."

발렌이 표 세 장을 꺼냈다. 자신과 엘리즈, 그리고 제이프의 것이었다. 제이프도 관심이 있는 것 같기에 발렌이 입장권을 사 둔 것이다. 대축제만큼 도서관 사서들의 일이 적어지는 때도 없었다. 세인브리트 마탑도 대축제 기간에는 즐기라는 취지에서 조기 퇴근할 수 있도록 했다. 그 덕에 일하는 직원들도 이 축제를 즐길 수 있었다. 대축제가 끝난 후 쌓일 일거리야 예정된 거고, 나중에 있을 일들은 다들 나중에 생각하기로 한 것이다.

"입장권을 구하기 힘들다고 들었는데. 어떻게 구했어?"

콜로세움 쪽에서부터 줄이 엄청 길어 어지간해서는 구하기 힘들었으리라 보는데, 그걸 구한 것이 이해가지 않는 엘리즈.

"내가 갔을 때는 다 팔렸더라고. 그래서 하는 수 없이 암표상에게 샀지."

발렌이 입장권을 구할 수 있던 것은 그런 이유였다. 암표상들에게 산 건 비싸기는 하지만, 그래도 암표조차 못 사는 이도 많았다. 발렌은 운이 좋아 세 개나 구할 수 있었다.

'입장권을 두 배 이상 부풀려서 팔다니.'

표 하나당 원래 가격이 70실링. 이것도 비싼 편인데 여기서 두 배 이상인 1실버 50실링에 샀다. 세 개의 가격은 4실버 50실링. 평소 같았으면 비싸서 포기했을 만한 가격이었으나, 황제가 보답의 의미로 준 30골드 덕분에 사는데 큰 지장은 없었다. 아깝다는 생각은 들기는 하지만 그래도

30골드에 비하면 그다지 비싼 가격도 아니니까. 그리고 이 날이 아니면 언제 몬스터 서커스를 구경한다는 말인가. 특히 오우거가 서커스를 한다는 것은 정말 보기 드문 광경이다.

"내일 저녁 입장권이니까 그때 구경 가면 될 거야. 정말 기대되지 않아?"

"나보다 네가 더 기대하는 것 같은데?"

발렌은 몬스터 서커스가 기대되는 듯 살짝 들떠 있었다. 어린아이 같은 모습에 엘리즈가 호호 웃었다. 옆에 있던 제이프도 피식 웃었다.

"아주 신났구나, 신났어. 처음 세인브리트 마납 도서관에 왔을 때랑 같은 모습이야. 실수 안 하게 조심해라. 몬스터를 가까이에서 보고 싶다고 접근하거나, 몰래 서커스단에 잠입하지 말고."

"전 그런 짓 안 해요."

"처음에 이곳에서 일할 때 3층 문 열지 말라니까 열려고 하다가 경계병들에게 붙잡혔으면서. 내가 머리 숙이며 사과하고, 말 안 해 줘서 그랬다고 했다가 시말서까지 쓰고. 얼마나 수고한 줄 아냐?"

그때의 일이 일 년 전이다. 길다면 길고, 짧다면 짧은 시간이 지났다. 발렌은 부끄러운 기억이 떠올랐는지 버럭 소리를 질렀다.

"관장님, 그때의 일을 왜 꺼내요? 정신없이 이리저리 돌아다니다가 3층으로 향하는 문인 줄 몰랐다고 말씀드렸잖아요."

"그러게 누가 넋 놓고 돌아다니다가 3층 문 열래? 평생 이걸로 놀려 먹을 거다."

제이프는 가끔 이렇게 짓궂게 대할 때가 있었다. 반면 이 사실을 오늘 처음 안 엘리즈가 의외라는 듯 그를 바라보았다.

"발렌이 그랬었다고요?"

"예, 그때 일 말씀해 드릴까요? 경계병들이 들이닥쳐 창을 겨눌 때 이놈 표정도 그대로 따라할 수 있는데."

발렌의 흑역사로 계속 놀리는 제이프. 발렌은 끙끙 앓는 소리를 내고, 엘리즈는 그 반응을 보고 호호 웃었다. 그렇게 한참 웃고 있는데, 갑자기 엘리즈를 부르는 목소리가 들려왔다.

"리즈! 거기 리즈지?!"

리즈. 엘리즈의 애칭이다. 그녀의 애칭을 부르는 사람은 그녀의 아버지인 황제와 어머니인 황비 그리고 발렌. 엘리즈는 누가 자신을 부르는 걸까 생각하며 목소리가 들려오는 쪽으로 시선을 향했다. 자연스럽게 발렌과 제이프도 그녀가 바라보는 쪽으로 시선을 향했다. 그들은 곧 입구로 다가오는 무리를 볼 수 있었다. 번쩍번쩍한 은제 갑옷을 입은 기사들과 그들 앞에서 걸어오고 있는 남녀.

'엄청 으리으리한 갑옷이네.'

굉장하다는 말밖에 나오지 않았다. 저렇게 멋있는 갑옷은 한 번도 본 적이 없었다. 황실 근위 기사들보다 멋진 갑옷이라니. 도대체 어떤 영주가 저런 사치스러운 갑옷을 입게 하는 걸까 생각하며 다가오는 이들의 얼굴을 면밀히 살폈다.

은발의 훤칠한 남성, 그 남성이 안고 있는 은발의 아이들. 그리고 그 옆에는 엘리즈와 같은 머리색과 눈동자를 가진 여인도 있었다. 그 모습을 보고 보통 신분이 아니겠구나 싶었는데, 엘리즈가 화들짝 놀랐다.

"프리실라 언니?!"

이름을 들어도 모르겠다는 듯 발렌과 제이프는 멀뚱히 서로를 바라보았다.

* * *

세인브리트 마탑은 면회가 허용된다. 타국의 관람객들은 까다로운 절차를 거쳐야 들어올 수 있으나, 가족 관계에 있다면 예외였다. 그러나 역시 타국 사람이라는 것 때문에 모든 무기를 반납하고, 필요 인원을 제외하고 출입을 허용해 주었다. 마탑 안의 면회실에 도착한 그들은 다시 한 번 반갑게 인사하며 이야기꽃을 나누었다.

"언니, 바올라 제국에 어쩐 일이야?"

"이번에 황태자가 된 남편이 사신을 겸해서 왔거든. 그래서 나도 따라왔어."

처음에는 향수병으로 고생했던 프리실라. 그러나 점차 메이어 신성 제국에 적응하고, 에드워드의 노력으로 이를 극복할 수 있었다.

"그럼 언니는 메이어 신성 제국의 황비가 되는 거야? 축하해!"

타국의 황비가 되다니. 쉽지 않은 일이다. 에드워드는 서열이 낮은 축이었지만, 암투에서 승리해 황태자가 되었다. 바올라 제국 내에서 에드워드는 황태자가 되기 힘들겠다고 예상했지만, 그것을 모두 뒤집어엎은 것이다.

"그런데 아이들 귀엽다. 이름이 뭐니?"

아이들은 낯을 많이 가리는 듯 프리실라의 뒤에 숨었다. 그 모습에 엘리즈가 빙긋 웃어 주었다.

"이모에게 인사해야지?"

"아, 안녕하세요. 아디안이라고 해요."

"아비스예요."

어쩜 이리 귀여울까. 인사하는 모습이 깨물어주고 싶을 정도였다.

"눈동자는 우리랑 똑같고, 은발인 것과 외모 대부분은 형부를 닮았네? 신비하다."

"그렇지? 아루스랑 아바마마도 신기하게 바라보더라고."

"그럼 큰 오라버니는 못 만나 봤어?"

"사신들을 맞이한다고 바빠서 만나지 못 했어. 그래도 다시 돌아가면 만날 수 있겠지."

오늘만 시간이 있는 것도 아니니까. 게다가 오늘 연회가 시작되면 가벨도 만날 수 있을 것이다.

"그리고 보니 리즈, 요즘도 책 많이 읽니?"

"당연한 걸 가지고. 세인브리트 마탑에 왔어도 도서관에서 늘 책을 읽는 걸."

프리실라가 빙긋 웃더니 가지고 왔던 것을 주섬주섬 꺼내더니 탁상에 내려놓았다.

"네게 주는 선물이란다."

"이건……?"

"귀족들에게 물어보니 메이어 신성 제국에서 현재 가장 유명한 소설이라고 하더구나. 최근 유명세를 타고 있는 소설이라 보지 못했을 것이라 생각해서 가져왔어."

'엔드라를 위하여'라는 책이었다. 엘리즈의 눈동자가 커졌다.

"언니, 정말 고마워! 황실에 있을 때 사신으로 갔던 이들이 이 책이 그렇게 재밌다고 해서 정말 읽어 보고 싶었는데!"

"그래, 넌 어렸을 때부터 책을 많이 좋아했었지. 아직도 여전한 모양이구나. 혹시 책을 싫어하면 어쩌나 했어."

기뻐하는 것을 보니 자신도 기쁘다며 호호 웃는 프리실라였다. 그녀는 한참 웃다가 곧 엘리즈의 옆에 있는 발렌에게로 시선을 향했다. 뻣뻣한 자세로 앉아 있는 그를 바라보며 프리실라가 입을 열었다.

"고맙습니다. 당신이 엘리즈를 구했다는 말을 들었어요."

"아, 아닙니다. 해야 할 일을 했을 뿐입니다."

"그 사실을 자랑스러워해도 되네. 그대는 그 누구도 함부로 하지 못할 일을 위험을 무릅쓰고 한 거니까. 기사가 아니면서 기사와 같은 명예로운 모습을 보이는 건 쉽지 않은 일이지."

옆에 있던 에드워드도 거들어 주었다. 다른 이도 아니고 이웃 국가인 메이어 신성 제국의 황태자에게도 인정을 받으니 기분이 묘했다. 발렌은 어떻게 반응해야 할지 난감한 표정으로 이곳에 붙잡혀 있었다. 프리실라가 엘리즈의 언니, 그러니까 2남 2녀 중 둘째, 제1 황녀라는 것은 대화를 통해 짐작할 수 있었다. 정략혼인으로 이웃 국가로 갔다는 것은 알았지만 설마 황태자와 혼인을 했을 줄이야. 바올라 제국 내라고는 해도 타국의 황태자에게 함부로 발언할 수 없기에 말조심, 또 말조심을 하기 위해 잔뜩 긴장하고 있었다.

'관장님도 너무하시지!'

제이프는 그들이 발렌도 함께 부른 것을 보고 앞으로 펼쳐질 분위기를 예상해 도망쳐 버린 것이다. 있었으면 같이 불편해 했겠으나, 정말 왔더라면 평생 놀림거리가 하나 더 생겼을지 모른다는 생각도 들었다.

"그러고 보니 이름이 어떻게 되시죠?"

"발렌시아라고 합니다."

"발렌시아. 좋은 이름이로군요."

흔하지도, 그렇다고 안 흔하지도 않은 이름이다. 딱 무난한 정도라고 생각하지만 구태여 그렇게까지 말하지 않는 프리실라였다.

"어쨌든 제 누이를 구해 주셔서 정말 감사드립니다."

프리실라가 자리에서 일어나 그에게 고개를 숙였다. 이

에 깜짝 놀란 발렌이 벌떡 일어나 그녀를 말렸다.

"고개를 드세요, 황녀님."

"아뇨, 제 동생을 구해 주신 은인이신데, 오히려 사례를 해 드리지 못하는 게 아쉬울 정도예요. 이 사실을 알았더라면 준비해서 왔을 텐데."

굳이 사례는 필요치 않았다. 돈과 아티팩트 그리고 마법을 배울 기회까지 받아 분에 넘친다고 생각하는 중이다. 그러나 프리실라에게는 한참 부족한 듯싶었다. 프리실라는 손가락에서 투박하게 생긴 반지를 빼 그에게 내밀었다.

"부족하지만 이거라도 받아주세요. 하루에 한 번 포그밖에 사용하지 못하는 아티팩트이지만, 상황에 따라 유용하게 쓰실 거예요."

"바, 받을 수 없어요."

갑자기 아티팩트를 주겠다니. 발렌이 깜짝 놀라 손사래를 쳤다. 다른 누구도 아닌 황비가 될 사람의 아티팩트이다.

말려 달라는 듯 에드워드를 바라보았지만, 그는 말릴 생각이 없어 보이는 듯했다.

"받게나. 그대라면 유용하게 쓸 수 있겠지."

오히려 프리실라의 의견에 동조하고 있었다.

"이미 충분히 사례를 받아서 괜찮습……."

"아뇨, 그게 충분하다면 황실의 위엄이 안 서요. 아바마마도 너무하시지. 그 정도 공을 세웠으면 귀족으로 만들어 주셔도 부족할 텐데 말이죠."

오히려 귀족으로 만들어 주겠다고 했으면 발렌이 감당하기 힘들어진다. 귀족으로 만들어 주겠다고 했으면 발렌이 거절했을 것이다. 과연 거절한다고 거절할 수 있을까 싶기도 하지만 말이다.

"그렇다 해도 받을 수 없어요."

"아뇨, 그렇기에 더더욱 받으셔야 합니다."

프리실라가 건네는 아티팩트를 받을 수 없다고 재차 말했지만, 그녀는 받을 때까지 물러나지 않겠다는 눈빛이있다. 발렌은 하는 수 없이 그녀의 아티팩트를 받아 들 수밖에 없었다. 그제야 프리실라가 미소를 그렸다.

* * *

한바탕 파란이 일어난 것처럼 발렌은 프리실라와 에드워드를 얼떨떨한 표정으로 배웅을 나갔다가 다시 도서관에 돌아왔다. 그의 손가락에는 아티팩트가 두 개나 끼워져 있었다.

"어지간한 귀족들도 구경하지 못한 아티팩트를 두 개 나

갖게 될 줄이야."

참 기가 찰 일이다. 엘리즈를 구해 준 것으로 이렇게 몇 번이고 보답 받을 줄은 예상치 못했다.

"그러고 보니 리즈, 제1 황녀님은 어떤 분이셔?"

"음…… 나도 어렸을 적이라 잘 기억은 안 나지만, 머리가 상당히 좋았어. 열 살 때 바올라 제국 최고의 학자들과 토론하고, 언니의 주장을 학자들도 긍정적으로 받아들이고, 설득까지 했다는 건 황실 내에서는 유명한 이야기야."

"그, 그거 굉장한데?"

바올라 제국 최고의 학자들과 담론했다는 것부터 굉장하다. 그것만 해도 대단한데, 열 살이라는 어린 나이에 그들을 설득했다는 건 보통 천재가 아니라는 소리였다.

"다만 검이나 마법에 재능은 없다고 해. 아마 프리실라 언니가 마법에 재능이 있었다면 최고의 마법사가 되었을 걸? 아바마마께서도 그것을 아쉬워하셨던 걸로 알고 있어"

확실히 마법사가 되려면 머리도 좋아야 되는 편이기는 했다. 그 정도로 머리가 좋다면 이해력도 뛰어날 테니 마법에 대한 조예가 깊었을 것이다. 프리실라가 검이나 마법에 뛰어난 재능을 가지고 있었더라면 황위는 그녀가 물려받았을 확률이 컸다. 설사 둘 다 재능이 없더라도 그 정도로 머리가 좋다면 충분히 황위를 물려받을 계책도 세울 수 있었을 것이다. 다만 정략혼인으로 희생되어야 했지만.

지금은 메이어 신성 제국과 관계가 좋은 편이지만, 프리실라가 혼인하기 전에는 사이가 썩 좋지 않았었다. 이웃 국가끼리의 충돌은 당연하다. 메이어 신성 제국과 바올라 제국은 남동쪽에 국경을 맞대고 있었다. 그곳에서 심심찮게 작은 분쟁이 있었지만, 정말 전쟁이 일어날 뻔했던 큰 사건이 있었다.

메이어 신성 제국의 변방 영지인 마엘라. 마엘라 영지의 텔란 마을의 영지민들이 영주의 수탈에 못 이겨 반란을 일으켜 바올라 제국에게 자신들의 마을을 받아 달라고 한 것이었다. 이로 인해 메이어 신성 제국은 바올라 제국의 세략이라 오해했고, 병력을 국경 근처까지 이동했었다. 바올라 제국이라고 가만히 있겠는가? 다수의 병력이 이동한다는 첩보를 받고 똑같이 대규모 군대를 보내 정말 일촉즉발의 상황에 놓였었다.

서로 의미 없는 전쟁이고, 이득이 없이 자존심만 걸린 문제. 전쟁이 시작되면 서로 막대한 피해를 볼 것이 당연하다. 설사 전쟁에 승리해도 그들만 상대하는 게 아니다. 호시탐탐 이 기회를 노리던 왕국들이 동맹을 맺고 쳐들어올지도 모르는 상황이다. 서로 전쟁을 할 수도, 안 할 수도 없는 상황에서 해결책이 나왔다. 바로 정략혼인이었다.

선대 황제가 메이어 신성 제국과 충돌을 염려해 정략혼인을 맺자 제안했던 것이 여기서 해결책으로 작용한 것이다. 메이어 신성 제국에서는 아들밖에 없었고, 이쪽은 딸이 두 명 있었다. 엘리즈는 당시 너무 어렸기에 선택된 이는 바로 프리실라. 그녀가 혼인을 맺기 위해 메이어 신성 제국으로 향했고, 그 덕분에 양쪽 군대는 다시 철수를 해 전쟁을 피할 수 있었다. 그리고 그 마엘라 영지의 반란군은 바올라 제국과 전쟁하기 위해 일어났던 수많은 병사들에게 진압되었으며 완전히 불에 타 버려 지도상에서 사라졌다.

"참 신기하지. 남매들이 하나같이 다 재능이 다르니까."

발렌이 아는 바로는 가벨은 딱 중간, 아루스는 검에 재능이 뛰어나고, 프리실라는 재능이 없고, 엘리즈는 마법에 재능이 뛰어나다. 남매들끼리 이토록 재능이 제각각인지. 신기할 따름이다.

* * *

이튿날 저녁. 대축제는 여전히 한창 진행되어 가고 있고, 많은 사람들이 서커스가 진행되는 콜로세움 앞에 모여 줄을 서고 있었다. 제이프는 가족들과 함께 관람하겠다며 따로 헤어졌고, 결국 엘리즈와 함께 오게 되었다.

"사람들이 정말 북적거리네."

콜로세움 가득 사람들로 북적거렸다. 서커스의 홍보가 대단하긴 했던지, 사람들이 지나다니는 계단까지 발을 디딜 틈이 없었다. 그래도 다행이라면 발렌이 산 암표가 생각보다 잘 보이는 위치라는 점이었다. 특등석이 따로 없었다.

"이곳에 와 보니까 어때?"

"콜로세움은 처음 와 봤어. 무엇보다 사람들이 재주를 부리는 서커스는 많이 봤어도, 몬스터들이 재주를 부리는 서커스를 구경하는 건 오늘이 처음이야."

사실 발렌도 몬스터 서커스를 구경하는 것과 콜로세움에 오는 것은 처음이다.

서커스를 먼저 구경해 본 사람들 말로는 정말 대단했다는 모양이다. 큰 기대를 하지 않던 엘리즈도 그 얘기를 듣고 궁금했던 모양인지 내심 기대하는 중이었다. 그렇게 얼마나 지났을까. 그렇게 오래 기다리지 않아 사람들로 관중석이 꽉 찼을 때쯤이었다.

쿵!

떠들썩했던 콜로세움이 갑자기 거대한 소리와 함께 조용해졌다. 갑자기 무슨 일인지 감이 안 잡혀 다들 멀뚱히 있는데, 공연장 중앙에 빛이 나타났다.

'와, 서커스단에서 라이트 스톤까지 사용하는 거야?'

밤에도 환하게 빛을 밝히는 라이트 스톤. 재력이 뒷받침되어야 사용할 수 있을 만큼 엄청난 값을 지닌 라이트 스톤을 서커스단에서 사용하다니. 확실히 이 정도 관람객이 계속 들어온다면 라이트 스톤 값이야 금방 벌 수 있으리라 보았다.

"여러분! 여러분!"

광대가 우왕좌왕, 동작을 과장되게 하며 소리쳤다.

"이곳은 몬스터가 나타나는 숲이에요."

마치 동화를 들려주는 것처럼 다정한 말씨. 참고로 이곳에는 어린아이들도 부모를 따라 구경을 많이 왔다. 소리 증폭 마법을 사용한 모양인지, 멀리 떨어져 있음에도 광대의 목소리가 바로 옆에서 떠드는 것처럼 들려왔다. 그때 조명이 광대 바로 뒤쪽에 비춰졌다. 그곳에는 거대한 늑대가 광대를 잡아먹을 듯 입을 벌린 채 있었다.

그레이트 울프였다. 보통 늑대보다 최소 4배는 큰 늑대이며 매우 흉포하여 몬스터로 분류된다. 모두가 그 모습을 보고 기겁하고 있는데, 광대가 뒤돌아보며 손을 들었다.

"안~녕?"

"끼잉!"

그레이트 울프가 바짝 서더니 앞발을 들며 흔들었다.

"오오~"

큰 덩치의 흉포하게 생긴 모습과 맞지 않게 저렇게 귀엽게 인사하다니. 모두가 감탄했다.

"그 무서운 몬스터가 사람에게 애교를 부리다니. 상상도 못할 일이로군."

몬스터를 길들이는 게 보통 어려운 일이 아니라는 것은 이미 세상 사람들이 다 아는 사실이다. 거기다 이곳은 다양한 신분, 다양한 직종에서 일하는 사람들이 있었다. 발렌의 바로 옆자리에는 용병 차림의 중년들이 팔짱을 낀 채 관람하고 있었다.

옆을 바라보니 엘리즈는 이미 공연에 푹 빠진 듯 무대를 뚫어져라 바라보고 있었다. 서커스 보러오길 잘했다고 생각하며 발렌도 곧 공연에 푹 빠지기에 이르렀다.

그레이트 울프만이 아니라 다양한 몬스터들이 차례로 나와 공연을 펼쳤다. 광대들처럼 공에 올라타 저글링을 하는 코볼트, 외줄을 타는 놀, 불 고리를 뛰어넘는 고블린과 그레이트 울프 등등. 몬스터들이 사람처럼 행동하는 모습을 볼 때면 다들 우스꽝스러운 모습에 폭소를 자아냈다. 그렇게 시간도 지나는 줄 모르고, 공연은 점점 막바지에 이를 때였다. 서커스의 하이라이트를 장식할 몬스터, 오우거가 드디어 등장했다.

쿵! 쿵!

오우거가 걸을 때마다 지진이라도 일어난 듯 땅이 울렸다. 오우거의 모습을 보고 관중들이 놀랐다. 오우거에 대해서는 이미 아는 바가 있지만, 실제로 보는 것은 대부분이 처음이기 때문이다. 지금까지의 공연 중 그레이트 울프가 가장 컸는데, 오우거는 그 이상이었다.

"안녕, 데니!"

오우거의 이름이 데니인 모양이다. 오우거라는 종족에 맞지 않게 이름 하나는 깜찍하다 싶었다. 오우거는 작게 짖는 듯한 소리를 내며 손을 들어 인사를 받아 줬다. 광대가 관객들에게 인사하라고 하자, 오우거가 가슴에 손을 대고 고개를 살짝 숙이며 인사했다. 모양새는 어색하지만 오우거가 사람에게 인사하는 모습을 보고 다들 놀라지 않을 수 없었다. 그렇게 이쪽저쪽에 인사를 하고 있는데, 어느 순간 딱 멈췄다. 오우거의 시선이 한쪽에 꽂힌 것이다.

"어째 여길 뚫어져라 보는 것 같지 않아?"

발렌이 엘리즈에게 귓속말하자 그녀가 긍정하며 고개를 주억였다. 엘리즈와 발렌은 오우거를 바라보았다. 광대는 예정에 없던 행동이었지만 바로 애드리브로 위기를 넘기려고 오우거에게 다가갔다.

"데니? 예쁜 아가씨라도 발견했니? 어떤 아가씨인지 나도 구경하자. 음~ 저쪽에 있는 아가씨들 중에 있다고? 안 돼! 너의 기준으로 보면 저쪽의 아가씨들이 마치 오우거처럼 보인다는 것과 같은 말 아냐!"

광대의 말에 모두가 폭소를 자아냈다. 광대는 오우거의 허벅지를 가볍게 때렸다. 그리고 이변이 일어난 건 그 순간이었다.

퍽!

광대가 갑자기 피를 뿌리며 멀찍이 날아간 것이다. 다들 이 광경을 보고 멍하니 지켜보았다. 공연의 일부라고 생각해 웃는 이들도 있었다. 그러나 대다수는 이상을 감지하고 침묵하고 있을 뿐이다. 어린아이들도 관람하고 있을 공연에 저런 자극적인 모습을 보여 주는 것부터 말이 안 된다고 생각하는 것이다. 그리고 이것이 공연의 일부인지, 아닌지는 곧 오우거의 반응을 보고 알 수 있었다.

"크워어어어어!"

오우거의 괴성이 콜로세움 가득 울려 퍼지고, 몸이 경직되었다. 몸이 경직된 건 발렌만이 아닌 듯했다. 이를 지켜보던 관중들도 미동도 하지 않았다.

'도대체 무슨 일이……?'

갑자기 무슨 일인지 상황 파악이 되지 않는 그 순간이었다.

제2 황녀를 지켜라.

 또다시 머릿속에서 저주스러운 목소리가 울려 퍼진다. 그리고 곧바로 오우거가 관중석을 뛰어넘어 이쪽으로 빠르게 다가오기 시작했다. 녀석의 주먹이 발렌과 엘리즈를 향해 거침없이 날아왔다.

〈다음 권에 계속〉

DREAMBOOKS

DREAMBOOKS

DREAMBOOKS

DREAMBOOKS